I0667501

www.ingramcontent.com/pod-product-compliance
Lightning Source LLC
Chambersburg PA
CBHW030128260626
47156CB00008B/2851
9781961420267

تفاصيل البهجة

تفاصيـل البهجـة

محمـد هـلال أبوريـا

عدد الصفحات: 162

الطبعة الأولى: 2024

الناشر: الخيّاط

جميـع الحقـوق محفوظـة للناشر والمؤلف

ISBN: 978-1-96142-026-7

KHAYAT
Publishing

Washington, DC
United States
+1 7712221001
info@khayatpublishing.com
www.khayapublishing.com

محمـد هـلال أبوريا

تفاصيل البهجة

حكايات رجـل أزهـق ألـف روح أو يزيـد..!

قصص

المحتويات

إهداء إليها

عندما رحت قريتي القديمة؛ بشوارعها الواسعة، وبيوتها البسيطة، وأجرانها الفسيحة.. بعد أن طعنتها البنايات الخرسانية الشاهقة بخنجرها المسموم واحتلتها وجوه غريبة رغم ميلادهم بها.. قتلتني غربة باردة؛ خبأت صورتها بين ضلوعي ومزجت اسمها «أبوريا» باسمي ورحلت بها، حتى يمكنني المرح واللعب في شوارعها القديمة مع أتراب الطفولة والصبا، من رحل منهم ومن بقي.. إلى أن يحين موعد سفري إليهم

***

طويل العمر

وحده الباقي على قيد الحياة في بلدتنا ممن ولدوا في عامه.. عندما يسأله أحدٌ عن سني عمره، تارةً يضحك ملء فيه؛ تبدو بقايا أسنانه، تدمع عيناه، يحمر لون وجنتيه اللامعتين بماء الضحك، تتوارى تجاعيد وجهه حين تغمرها خفة ظله، ثم يرد سائلاً: أنت كم عمرك؟ ثم يقول بعد أن يتحسس صدره مباهياً: أنا أبو السنين، أما أنت، فقد قضيتُ قدرَ عمرك مكشوف المؤخرة أتغوط. ثم يُتبِع كلامه بقهقهة ساخرة.

تارة أخرى ـحسب حالته المزاجية_ يقول: أنا مواليد موت الزعيم سعد باشا زغلول؛ يقولها بفخر وتعاظم.. وكعادته يمسح على صدره وكأنها ميزة اختصه بها رب العباد دون غيره! يخرج هويته الشخصية ويلوح بها في الهواء قائلاً: هذه بطاقتي خير دليل، أخرم بها عين من يكذبني، أنا ولدت في العام 1927 وسعد باشا مات في نفس سنة مولدي. ثم يضحك قائلاً: سلّمَ لي مفاتيح البلاد قبل أن يموت بسبع ساعات.

سعد باشا أحد أقربائنا _هكذا قال جدي الحاج درغام_ كان يعمل بالمحاماة وكان رئيس وزراء المملكة المصرية في عهد فؤاد الأول، يذكره جدي بالخير ورجاحة العقل.. كانا رفقاء جهاد أيام الثورة العرابية.

...

لا يبالي إلى من يتحدث، رجالاً كانوا أم نساء! إذا أخذ عليه آخذٌ فحش كلماته يقهقه قائلاً: ليس على العجوز حرج.. إذا راجعه أحدهم: ما نعرفه أنك كنت حافظاً لكتاب اللـه، وتعلم أن صحيح الآية الكريمة: «لا على المريض حرج» يا حاج لملوم! يقهقه من جديد، يقول: هل يوجد عجوز بلا مرض يا ضعيف البصر والبصيرة!

نعم منذ نعومة أظفاري وأنا حافظ لكتاب اللّـه، وما زلت أراجعه مرة كل عام في شهر رمضان المبارك حتى لا يتفلت مني، هل نسيتم أنني حاصل على شهادة الابتدائية القديمة من المعهد الأحمدي الأزهري بطنطا؟! شهادة تعادل الدكتوراه في زمانكم العجيب هذا.

...

يأخذه الحنين لسالف سنوات عمره؛ يهز رأسه، يزمُّ شفتيه، يغمض عينيه ثم يفتحها، يستعيد الصور القديمة للحياة في الشوارع والبيوت والغيطان. يقول: كنت ثالث ثلاثة في قريتنا

أجيد القراءة والكتابة، ليس مجرد فك الخط مثل العمدة وشيخ البلد.. حفظت القرآن الكريم كاملاً في كُتَّاب الشيخ عبد الودود ـرحمه اللـهـ في بيته بالمركز.

كان جدي يأخذني إليه كل صباح رغم معرفتي بالطريق الذي يتلوى مثل أفعى وسط الحقول.. عندما أقول له: أعرف السكة جيداً يا جدي؛ لا داعي لتتعبك بقطع تلك المسافة الطويلة؟ يقول بابتسامة ماكرة: ليطمئن قلبي عليك يا شيخ لملوم يا ولدي.

كانت الحقيقة أنه لا يخشى على سلامتي كما يوحي ظاهر كلامه.. بل هروبي مع الصبيان للعب.

...

في العام الذي أتممت فيه حفظ سور القرآن الكريم أخذني جدي بصحبة الشيخ عبد الودود بعد صلاة فجر أحد الأيام، سافر بي إلى مدينة طنطا حيث المعهد الأحمدي الأزهري؛ أقرب منشأة تعليمية إلينا، رغم بعد المسافة لكن رغبة جدي وحلمه الكبير أن يكون أحد أحفاده عالماً أزهرياً كان يدفعه لتحمل المشاق بصورة يحسد عليها.. لكنه مات دون أن يتحقق حلمه.

هزّ الحاج لملوم رأسه وتمتم: إيه، دنيا، رحمك اللـه يا جدي كنت رجلاً لا يعوض.

سألته ذات يوم: لماذا اخترت لي اسم لملوم يا جدي؟ اسم غريب لا معنى له، لا أحب ذكره، العيال يعايرونني به، يقولون وهم يشيرون نحوي: «الواد لملوم أهوه» كأنني سارق أو حمار لا يفهم؟

ضحك طويلاً ورفعني إليه، هزّني بشدة وقال: أمنية عمري يا ولدي أن أراك نصف أو ربع لملوم باشا، هؤلاء الذين يجهلون اسم وقيمة لملوم باشا لا يصلحون وأهليهم خدماً في «وسيته» أو «أبعديته»، كان _رحمه اللّـه_ له هيبة سلطان أو ملك صاحب صولجان وحاشية، كان فاروق الأول ملك مصر والسودان يستقبله في السرايا الملكيّة استقبال الأصدقاء المقربين، وكان جلالة الملك يزوره في سراياه بمحافظة المنيا؛ بلدة الملكة ناريمان الزوجة الثانية لجلالته. ثم مسح على رأسي وقال: عندما تكبر وتدرك معنى كلمة مستقبل، سأحدثك عنه طويلاً ربما رأيت نفسك فيه وحاولت أن تتشبه به.

تنهَّد الحاج لملوم وهزّ رأسه عدة مرات تحسراً، ثم قال: كان هذا قبل أن ينفجر هذا الطوفان البشري من بطون النساء، وتتسع رقعة البناء وتضيق رقعة لقمة العيش أقصد الأرض الزراعية.. قبل أن تتحول القرية الصغيرة ذات الأبنية البسيطة، إلى بلدة كبيرة ومدينة مرصوفة الشوارع عالية البنايات متعددة الطوابق، قبل أن يتحول وصفها من منتجة للخيرات إلى مستهلكة لكل الأشياء.

اللّـه وحده يعلم كيف سيصبح شكل الحياة في بلادنا بعد مئة عام أو أكثر، إذا استمر أهلها في سباق الإنجاز الوحيد الذي نجيده، إنجاب الأطفال؛ يساعدهم عليه بلاد الغرب بصناعة المنشطات وتصديرها لنا فترتفع بثمنها أرصدتهم المالية وتزدحم بلادنا بالأفواه الجائعة.

سكت لحظة ثم انفجر ضاحكاً عندما مرّ أمامه «توكتوك» يتبعه عدة «تكاتك»، وقال: الإنجاز الكبير في حياة الشعب هو الإنجاب، وفي حياة الحكومة هو استيراد «التكاتك»، ألا خيّب اللّـه هذا وذاك.

...

حين يُذَكِّره أحد الشباب بقِصَر عمر أبيه.. يقول ضاحكاً: دعكم من عُمْر أبي _يرحمه اللـه إذا شاء_ كان مثلكم هشّ العود يابس الصحة، كل ما فعله أنه أنجبني ثم غادر حلبة مصارعة الدنيا؛ بعد أن غلبته في الجولة الثالثة بالضربة القاضية.. ثم ينظر لمحدثه بطرف عينه ويبتسم ساخراً: كل هذا الحقد وأنا لم أكمل المئة عام؟ ألا تدري أنني أعيش سنوات عمر أبي التي لم يعشها يا مغفل، ورثتها منه بعد موته وهذا حقي أليس كذلك؟!.

كان الشباب يحبون مجالسته؛ لخفة ظله وروح الدعابة التي تسكن كلماته قليلة الحياء، يزيل بها همومه وهمومهم _على حد وصفه_.. يعجبون كيف كان يدير مهام وظيفته

الحكومية الجادة ذات المركز المرموق بهذه الروح؟ عندما يسألونه يقول هازئاً: لكل مقام مقال يا نسل الشيطان.

يكره مجالسة كبار السّنّ، يدعو عليهم قائلاً: جَالسهم صاحب الزيارة الوحيدة.. ثم يكمل موضحاً قبل أن يسأله أحد: سيدنا عزرائيل؛ لا أراني اللّـه وجهه الكريم حتى أتمّ الباقي من عمر المرحوم أبي.

- لكن يا حاج لملوم، كبـار السن أهل خبرة وحكمـة وأقوال سديدة.
- نعم، وأهل أمراض وأوجاع ومعرفة بعناوين الأطباء، وأخبار من ماتوا من معارفهم في القرى والبلاد!
- ما كلُّ هذا الخوف من الموت يا حاج لملوم وأنت المؤمن باللّـه، الحافظ لكتابه ومن أكثر الناس معرفة به سبحانه كما تقول.
- مؤمن باللّـه؛ نعم.. حافظ لكتابه العزيز؛ نعم.. أكثر الناس معرفة بحدود اللّـه؛ هكذا تقال.. أما معرفة اللـه سبحانه فلا يستطيعها مخلوق، لأن المعرفة هي الإحاطة، وكل مخلوق عاجز عن الإحاطة بخالقه، ويعجبني في أدب الصوفيّة _رغم بدعهم الكثيرة التي يخترعها أولاد الهرمة_ قولهم: «العارف باللّـه سيدي فلان.......» أي أن اللّـه سبحانه هو الذي عرفه به، أي فقهه، فعرف الأوامر والنواهي ومُراد الحقّ بالحقّ.

- ما هذا الفقه الجميل الذي لم نسمع به من معلمينا في المدارس والجامعات يا حاج لملوم؟! أولى بك أن تعتلي المنابر خطيباً أو تسطر ذلك في كتاب ينشر ويوزع على الناس.
- أعتلي المنابر؟ اعتلاك شيطان أحول العين شديد البأس يا ولدي العزيز.. وأيّ كتاب تتحدث عنه وأنتم تهربون من الكتب لدراسية وتعتمدون على الغش في الامتحانات؟
- كتاب، يُنشر ويوزع!
- أنتم جيل يخاصم القراءة يا أوغاد، فما فائدة الكتب وهذا حالكم؟ قدوتكم ليس الفقيه والعالم والكاتب.. قدوتكم لاعب الكرة، المشخصاتي، الزمّار والطبّال.
- كيف كانت اهتمامات طلاب العلم في زمانكم يا حاج؟
- كنا نتبارى في حفظ «ألفيّة ابن مالك» وهي تلخص النحو العربي، نتبارى في حفظ قصائد «المعلقات»، التي ألّفها فحول شعراء العرب وكانت تكتب بماء الذهب وتعلّق على جدران الكعبة المشرفة لعظم مكانتها.
- متّعك اللـه بالصحة والعافية وطول البقاء يا حاج لملوم.
- سيمتّعني ولكن اصرفوا عني عيونكم الشريرة.. أنا ابن جدي؛ جسمي عملاق مثل جسمه، تضاريس وجهي صورة منه؛ من غير شكّ سأعيش مثل عمره مائة وثلاثين عاماً يا مقصوفي الأعمار، يعني يبقى لي على قيد الحياة ثلاثون عاماً وتسعة أشهر وعشرة أيام..

ثم يستغرقه الضحك ويقول: هل تعرفون ما معنى هذا؟ يعني سوف أشيعكم جميعاً إلى مثواكم الأخير في حضن الشجاع الأقرع ينهش قلوبكم البيضاء الطيبة يا ملاعين.

- سمعت خطيب المسجد يقول: إن طول الثعبان الأقرع سبعون ذراعاً، غليظ عنيف يعصر الميت عصرة تختلف فيها أضلاعه؛ أسنانه من حديد ونحاس، يظل يضرب تارك صلاة الفجر إلى الظهر وتارك الظهر إلى العصر وهكذا في كل الفروض، أمّا النساء فلا يتوقف عن ضربهن إلا في أيام الحيض والنفاس لسقوط فريضة الصلاة عنهن فيها.. فما رأيك؟

- أرأيتم فضل الحيض والنفاس، لو كنتم نسواناً ألم يكن ذلك راحة لكم من عذاب القبر بضعة أيام؟.. ثم يقول ساخراً: أبلغ شيخك مني السّلام وقل له إن الأقرع الحقيقي ليس الثعبان بل مؤخرتك يا مولانا.. العذاب الكبير أن يظل أمثالك خطباء المساجد فيفسدون عقول العامة.

- شيخ المسجد يوصينا أن نمكث على رأس القبر ساعة، يقول: إن الميت يأنس بمشيعيه بل يسمع قرع نعالهم، فهل ستُكذّب هذا أيضاً؟

يأخذه الضحك حتى يسعل وتدمع عيناه، يقول ساخراً: قرع نعالنا؟! كنا في زمن «الفقر الدكر» حفاة، لا يلبس النعال إلا أثرياء الأثرياء، وهؤلاء كانوا يكرهون تتبّع الجنائز تشاؤماً..

يعاوده الضحك ساخراً وهو يقول: قرع نعالنا؟! واللـه يا أولادي كنت ترى الرجل فخماً ضخماً ولا يرتدي تحت جلبابه لباساً يستره إذا هاجت عليه الريح.. ثم يتمتم: إلى متى يظل هؤلاء الجهلاء يتقوّلون على رسولنا الكريم؟

كان إذ' خلا بنفسه واستعرض شريط ذكرياته وأحداث عمره ورأى في بعض منها ما يخجل منه، يتمتم: ذلك كان أيام العافية والشقاوة، ليتها تعود فللشهوات المحرمة لذّة لا يعلم قدرها إلا الملعون إبليس.. يطأطئ رأسه ويغمض عينيه ويخفي وجهه بكفه خجلاً، ثم يختلس النظر إلى السماء ويهمس: غفرانك يا اللّـه ؟.

خلف نعشه كان شباب البلدة يبكونه كأنه واحد منهم قد اختطفه الموت، بينما الرجال يعجبون ممن يبكون رجلاً ناهز عمره المائة عام، يبتسمون دهشة من أفاعيل هذا الجيل الغريب لكنهم يتمتمون: رحمه اللّـه.

***

تفاصيل البهجة

في طريق عودتهما من شهر عسل خرافي البهجة تعرضا لحادث سير؛ انقلبت السيارة عدة مرات، مات.

بعد أن تماثلت للشفاء من الإصابات المبرحة التي ألمت بها، بدأت شيفرة التواصل مع أعضاء جسدها تعمل بشكل صحيح. بينما تعيش أيام أحزانها المرّة اكتشفت بأنَّ بعضاً منه يتحرك في بطنها.

تجلّت عادتها الجديدة في الذهاب اليومي لزيارته، للجلوس معه، الائتناس به من وحشة العالم دون سخونة أنفاسه، كانت مقبرته بهجتها الوحيدة التي تعيش لأجلها.

تتحدث معه عن أحوالها، تكرر أمنيتها التي حدثته عنها كثيراً وكأنه هو الذي سيأمر بها؛ أن يعود أهله إلى رشدهم، أن يترفعوا عن خلافاتهم القديمة مع أهلها، أن يعترفوا بطفله القادم حتى لا يعيش غريباً بلا أهل لأبيه.

ذات يوم طارت إليه فرحة جذلى؛ كأنما نبتت لها أجنحة جعلتها تخطو في الهواء، قالت له منتشية: فلتفرح، فلتغمرك البهجة، لو أمكنك الرقص ارقص؟ وزع الحلوى والابتسامات على من عندك؟ تحقق حلمك يا حبيبي، سألد لك بنتاً تشبهني كما كنت تتمنى، وإن كنت أرجو أن تشبهك؛ عيناك البُنيتان بلون القهوة؛ تلك التي كنّا نرشفها معاً من فنجان واحد. شفتاك الناعمة الملمس كأوراق الورد البلديّ في الصّباح الباكر. أصابعك السّحرية؛ حين تمررها على وجهي وتجوس خلال خصلات شعري، كنت لا أجد مهرباً من رعشة جسدي سوى الاستسلام للذتها الأسطورية. سخونة أنفاسك؛ تلك التي كنت أستنشقها بعمق فتسري حتى أخمص قدميّ فتسكرني فيرقص نشواناً قلبي.

تتحسس بطنها، تقول: ابنتك ترسل إليك السلام، هل تسمعها؟ أنا أشعر بحركتها في أحشائي، أحس بيدها تشير إليك، تبتسم لك. تتمنى لو تخرج للحياة سريعاً لتزورك وحدها، تعتذر إليك عن مرضي الذي منعني زيارتك مذ عدة أيام، تطمئنك بأنها ترعاني وتهتم بشأني!

كانت تحتفل معه بعيد ميلاده؛ تأخذ «كعكة التورتة» ذات لون قاتم، تغرس في قلبها شمعة سوداء، تعتذر إليه فقد كان يحب الألوان المبهجة.. لكن قلبها لا يطاوعها، لا تدري من سرقها؛ أهو الموت، أم قسوة الحياة؟ لكنها رغماً عنها تحاول الابتهاج قدر طاقتها!

بعدما جاءت ابنتهما للدنيا وجعلت تكبر يوماً بعد يوم، تتعهدها بما كان يحب والدها؛ الابتسام، النظافة، محبة الناس، مساعدة المحتاجين، و.... و.....

عندما نهد صدرها، صارحت أمها برحلة تغيرات الجسد، بصداقات زملاء الجامعة. ضرب الخوف قلبها بمطرقة من حديد، خافت عليها أوجاع الحب، جعلت تذكره بكراهية؛ تحذرها: الحب والموت لا يفترقان، كلاهما يتدثران بثوب واحد.... ومضت الحياة بين خوف وتحذير.

...

تحولت حياة ابنتها إلى جحيم لا يطاق عندما علمت أنها تعيش قصة حبٍّ يتحدث بها المحبون والوشاة. في لحظة ضعف غاضب هددتها البنت بالهروب مع حبيبها ليتزوجا أو الموت؛ أيهما يناسبني يا أمي فاختاري؟!.

جُنَّ جنونها، ذهبت إليه تشكو ابنته وما فعلته بها، فليس لها غيره تشكو له، سمعت صوته يقول:

دعيها تتزوج من تحب، إن يوماً مع الحبيب يعادل بهجة ألف عام.

ثم ساد صمت ثقيل أقعدها على تراب المقبرة، جاء صوته ثانية يزلزل كيانها: لا تحرميني رؤية ابنتي الوحيدة؛ دعيها تتزوج.

في صباح ليلة عرسها، دوّت صافرة سيّارة الإسعاف وهي تحملها وعريسها إلى مستشفى العزل.. عزل المصابين بالفيروس اللعين «كورونا» قالوا: ماتت في الليلة التالية!

كان صدى صوته يتردد في رأسها بعنف يملأ ما بين الأرض والسماء: «دعيها تتزوج.. لا تحرمينى رؤية ابنتي الوحيدة.»

هرعت إليه غاضبة، اتهمه بالقسوة والأنانية وكأنه من سلط الفيروس المميت عليها، اتهمته بيقين الواثق بأنه من قتلها وليس ما حدث كان موتاً طبيعياً، أقسمت له وهي تتشاجر معه بأنها ستوافق على أول خاطب لها، بعد أن كانت ترفضهم بشدة، الآن ترغب في رحيله من قلبها بعد أن حرمها ابنتها، أبقاها وحيدة ليؤنس وحدته هناك، يا لك من أنانيٍ قاسٍ! ارحل من قلبي؟!

تركت المقبرة وهى تتمتم غاضبة، متوعدة بأن هذه آخر زياراتها لقبره.. خطوات، خطوات أخرى، ثم خطوات بطيئة ثقيلة، عادت إليه باكية تعتذر: قلبي يرفض أن يدخله غيرك أيها المجنون؛ رغم قسوتك العنيفة أنت بهجتي الوحيدة!

جلست إلى جواره، أسندت ظهرها عليه، مطأطئة الرأس، صامتة، مغمضة العينين، تتمنى أن يغلبها النوم وتراه لتلمس بهجتها الوحيدة في الحياة، تتمنى أن يبشرها باقتراب موتها وذهابها إليه ليجتمع من جديد شملهما.

***

رجل يكره العزاء

رغم أنَّه لا يحب واجب العزاء، ولا تتبّع الجنازات فهو على حد قوله: فأل سيء، خصوصاً وقد جاوزتُ السبعين من العمر ولم أشبع من الدنيا بعد.. دع عنك أقوال المغفلين ممن يتمنون الموت لضيق الدنيا عليهم، فالحقيقة هم عبء على الحياة لأنهم فقدوا مفتاح السعادة، أو التلذذ بأن تكون حياً؛ حتى لو نمت في العراء وأكلت الخبز الحاف.. ما دمت تمشي على قدميك ولا تشكو الأمراض الخبيثة فأنت في نعيم. أما إذا توفر لك الطعام الجيد وعافية النوم على سرير تعلوه أنثى؛ خفيفة الروح، شقية الحركات، تتأود مثل شجر الورد البلدي، يحركه هواء عليل.. فأنت في نعيم ما بعده نعيم.

خلاصة ما أنصحكم به يا رفاقي الأحياء: لا تحبوا الحزن، اضحكوا فإن ثلثي العافية في الضحك والرضا.. أوصيكم ألا تصدقوا نصائح رجال الدين في مديح الحزن، بأنه يكسر جبروت الشهوات ويورث التواضع ويغسل الروح فتلك هلوسات عقولهم التي لا يفعلونها.

ثم ضرب صاحبنا كفاً بكف وهو يقول متذمراً: لكن ما العمل وأنا مرغم على أن أواظب على حضور العزاء طاعة لأوامر الواجب والعرف والتقاليد وهذه السخافات الغريبة، فأنا بحكم الميلاد كبير عائلتي، وتلك آفة أخرى أن تكون كبير قومك.. فحضوري التعازي وحدي فيه الكفاية عنهم. أما لو حضر كل رجال العائلة؛ كلهم، دوني، سألهم كبير أهل المتوفي عن مانع حضوري!

...

كان يفضل الجلوس في الصف الأخير من السرادق؛ في وسط صدارته، المواجه للمدخل تماماً؛ حتى يتمكن من رؤية المعزين كلهم، ليعرف من حضر ومن لم يحضر؛ ممن اشتهروا بمحبتهم للراحل.. كان يرى في ذلك بهجة لنفسه، ليس البهجة بمعنى الفرح والسرور وانفراج تضاريس الوجه؛ وإنما الشعور بالانتشاء الداخلي.

يزيد انتشائه وهو يرى الرجال المهندمين حد الاستعلاء يتصافحون بصلابة وجدية وأصوات قوية لا تليق بمن حكم عليه القدر بالهلاك المحتوم؛ يراهم وقد رقدوا في نعوشهم تحملهم أعناق المشيعين إلى باب القبر.

كان يبتسم في نفسه هازئاً ولا يدري لماذا؟ وكأنه يتشفى فيهم، وهو يتمثل الميت منهم، حسب كلام خطباء المنابر وعظات الدروس الدينية: «الميت يسمع عويل من يبكون

عليه ومن يشقون الجيوب ويلطمون الخدود؛ وأنه يُعذَّب ببكائهم، لكنه لا يستطيع إسكاتهم ليرحموه مما يجد!»

همس لنفسه ساخراً: لن أنسى أن أوصي بأنني بَراء ممن يفعلون ذلك عند موتي.. وزيادة في الاحتراز سأوصيهم بأن يبتهجوا ويضحكوا وتطلق النساء الزغاريد. أن يتهمهم الناس بالجنون خير لي من الضرب والتعذيب وأنا وحدي لا حول لي ولا قوة.

قاتل الله صبيان العقيدة، يقولون: إن الميت يشعر ويتألم! فما بال الأطباء يشقون أحشاءه إذا مات بمشفى ممن يسرقون الأعضاء البشرية، وهو صامت، عاجز عن دفع هؤلاء اللصوص عن سرقة أعضاءه، حتى بتأوه أو إظهار الغضب في تضاريس وجهه؟

يقولون: إنَّ الميت يسمع همهمات المشيعين.. بينما هو ملفوفٌ في قماش الكفن مزنوقٌ، مربوط الرأس والوسط والرجلين.. لا يمكنه حتى طلب فك تلك الزنقة التي يبدو فيها مضغوطاً مثل «كوز اللانشون»!

...

بينما صور تلك الأفكار تجول برأسه يمنة ويسرة، انتفض في جلسته، صرخ بقوة كمن لدغته حيّة: «وقانا الله شرَّ قسوة الموت».. وعلى غير عادته دمعت عيناه.

انتزعت تلك الصرخة رؤوس المعزين نحوه، رفعوا أكفهم ووجوههم نحو السماء، تمتموا: آمين يا رب العالمين؟

ذهب إليه كبير عائلة المتوفى، ربت على كتفه، قبَّل رأسه والدموع تتلاحق من عينيه، قال له بصوت مبحوح: أطال الله بقاءك، نعلم كم كان المرحوم عزيزاً لديك، لكنه قضاء الله وقدرة الذي لا مفر منه.

هز رأسه متمتماً وهو ينصرف: نعم، لا مفر منه.

***

النائم..

لم يكن له بيت مثل كثيرين من المعدمين، تعوَّد أن ينام في مقابر القرية، كان يرى بهجة نفسه التي يحمد اللّه عليها؛ عدم الخوف من الأماكن التي يرهبها الناس، أما بهجته الأكبر، أنه بهذا الحل لن يضطر أن يسأل أحدهم المبيت عنده حتى لو في حظيرة بهائم خالية، فسؤال الناس مذلة كبرى.

كان يتعهد المقابر المنشأة حديثاً؛ التي لم يدفن فيها بعد، حتى لا يتهمه أحدٌ بأنه يأكل جثث الموتى، هكذا كان يحدث نفسه ساخراً ويبتسم..

يدخل، يفرش أسماله فوق ترابها، ينام.. يعلو شخيره بشكل يفزع من يمر مصادفة أمام القبر؛ فيجري هرباً.

لم يتوقع أحد أنَّه ينام في المقابر، هو أو غيره، فللمقابر في عرف أهل القرى، وارد عملاق يحرسها، من يقترب منها ليلاً يصيبه بالخرس والجذام.. هكذا حذرنا الأجداد والآباء ونحذر أولادنا منه.

قيل عنه رجل مبارك، من أهل الخطوة؛ يصلي في مكة والمدينة.. ويقيم في جبل عرفات تحت أشجار الأراك؛ بعدما أقسم أكثر من حاج أنه رآه هناك، وعندما اقترب منه، ليحدثه؛ ابتسم كعادته دون كلام، ثم ذاب في زحام الحجيج.

ذات ليلة زاره صاحب الزيارة الواحدة، فظل راقداً بهيئته حتى انتشرت رائحة تحلل جثته، قال البعض متأففاً أنها رائحة حيوان نافق بين المقابر، أقسم بعضهم أنها رائحة جيفة إنسان، فجيف الحيوانات ليست بهذه الشناعة.

على باب المقبرة حيث مصدر الرائحة وجده الرجال بهيئته، احتاروا، ماذا يفعلون؟! أيستخرجون جثته العفنة لواجب الغسل والكفن، لكن من يقدر على ذلك ويطيقه؟ أيغلقون بابها لستر رمته، وينتهي الأمر؟ هرع أحدهم إلى شيخ المسجد ليستفتيه في ذلك حتى لا يأثموا.

احتار شيخ المسجد ربما أكثر من حيرتهم، فلم يصادفه مثل ذلك، وهو لا يقتني الكتب لضيق ذات اليد وغلاء مؤونة العيش.

أخذته عواصف الأفكار.. رجل فقير رث الثياب مات في قبر، أنستخرج رمته لغسله وتكفينه في قماش أبيض جديد ونسكب فوقه العطر، ثمَّ نعيده إليه مرة أخرى أم نغلق عليه باب المقبرة؟

طوال الطريق من بيته إلى المقابر يقلب الأمر في رأسه ليجتهد في حكم شرعي مناسب، هداه تفكيره باستحالة استخراج جثة عفنة، إذن يدلقون عليه الماء بنية الغسل ثم يغلقون المقبرة؟

حمد الشيخ فطنته فيما اجتهد فيه، وهمس لنفسه: لو اجتمع علماء الأمّة على أن يجدوا حلاً لهذه المسألة ما وجدوا غير ما وجدت. شعر بغرور خفي، بأن الذي يليق به أن يكون إماماً وخطيباً للمسجد الرئيس في عموم المحافظة وليس قرية صغيرة.

بعيداً عن مصدر الرائحة الشنيعة وقف الرجال ينتظرون قدوم الشيخ ليفتيهم ويخرجهم من حيرتهم.

كان الخبر قد طار في عموم بيوت القرية، كيف حدث ومن أشاع، لا تسل؟ هكذا الأخبار السيئة لها أجنحة سريعة الانتشار.

ظهر رجل من بعيد يستحث حماره على الجري السريع وهو يشير إليهم بيده أن لا يفعلوا شيئاً. توقفوا ينتظرون عندما تبينوا أنه شيخ خفراء القرية.

قال وكأنه يوبخهم ويتهمهم بالغباء: هكذا؟ دون أن تتبينوا إن كان مقتولاً أم لا؟ لفّتهم الدهشة، لم يخطر ببال أحدهم مثل هذا التفكير فالميت من أهل اللّه، يعني من

هوامش البشر لا عدو له ولا حبيب. ثم قال محذراً: لا تحركوا شيئاً من مكانه حتى لو كان قشة أو عوداً من حطب، إلى أن تأتي السلطات المختصة، فهم أصحاب الفكر الصائب والقرار الصحيح وليس أنتم.

***

دفتر أحوال الرعب

قال أهل الطالع وكشف غطاء القابل: الكون يتقلب بشكل غريب هذا العام، إنَّ في جعبة الغيب ما هو فظيع وكارثي

هذا العام زوجي الرقم، عجيب؛ «عشرون.. عشرون»، به من الغرائب الكثير، كلها شرور لا خير لأحد في شيء منها.. إلا باعة أكفان الموتى، وشركات الأمصال التي يبهجها ويملأ جيوبها توحش الفيروسات.. وتجار الغلال والقوت.

مؤرخ كبير أشار إلى أنه في كل مائة عام، يضرب الكون وباء شديد، يهلك ملايين البشر، ثم ذكر أحزان القرن الماضي وأحاديث الكوليرا وضحايا الوباء.

كثير من رجالات العقائد وجدوا فيما يحدث فرصة هائلة لتوبيخ الناس، وقذفهم بالويل والثبور وعظام الأمور بدعوى أن ما يحدث هو غضب إلهي على أهل الأرض لفسادهم.

قال رجل يعرفه الناس بالمكر والدهاء وألاعيب الساسة والغموض: بدأت خطة المليار أيها الهالكين؛ قلت لكم مراراً

أنَّ الحكومة الخفية للعالم ترى أنَّ البشر أصبحوا عبئاً على الأرض، ضحكتم هازئين. وها هم قد خططوا لإبادتكم حتى لا يبقى سوى مليار فرد فقط، هيا استعدوا للإبادة، احفروا قبوركم قبل أن لا تقدروا على الحفر؟

الخلائق في صراع الكلام وحكومات الدول الكبرى في صراع الاتهامات بتخليق الفيروس القاتل «كورونا» والمطالبة بمعاقبة بعضهم البعض.

دائرة الحياة تضيق يوماً بعد يوم.. الشلل يضرب وجه الحياة شيئاً فشيئاً، إغلاق المقاهي، المطاعم، دور السينما والمسارح، منع التجمعات البشرية، توقف حركة السفر بين الدول وداخلها، إغلاق أبواب المساجد، إغلاق الكنائس والمعابد. الجلوس في البيوت أصبح عملاً دينياً، ووطنياً وصحياً.

سمع الناس للمرة الأولى مؤذن المسجد يحذرهم من الذهاب إليه ــ حسب الأوامر العليا: ألا صلوا في بيوتكم.. ألا صلوا في رحالكم. تهامسوا: عجباً لأمر الدين، له في كل قادم وجديد قول قديم.

قال عقلاء: الأرض تستعيد عذريتها.. يذهب عن رئتيها التلوث الذي كاد يهلكها فقد توقف دخان المصانع، ربضت الطائرات ونامت بجوار القذائف والقنابل المهلكة.

كان رعب حديث الموت أكبر من الموت نفسه، يفرد أصابع كفيه على وجه الأرض.. مثل لاعب ماهر لتحريك الدمى

فوق مسرح كبير، لا يرى الجمهور أصابعه لكنهم يشاهدون عرائس المسرحية تتحرك أمامهم.. تسقط فاقدة الروح في لحظة مثل قتلى الحروب.

محظوظ من ينجو من الموت بأنياب «كورونا المتجدد»، فسوف يتميز بكونه قد عاش النكبة الكبرى للبشرية وسيحدث أحفاده عنها.. قالها رجل كبير السن أفلت من وباء الكوليرا قديماً.. وكثيراً ما طلب منه الشباب التحدث عن مشاهداته حينها، وكيف أفلت من الموت.

...

وصف أحد المتعافين شراسة الألم في الصدر والبطن بطريقة يتمنى فيها المريض الموت ولا يجده. حيرة الأطباء لعدم التوصل لمصل أو علاج فعال جعلت الرعب يأكل القلوب والعقول..انتشرت حكايات وأفعال مجنونة، فالخائف لاعقل له، رفض البعض دفن الموتى المصابين في مقابر بلدتهم.. كانت المرة الأولى التي تتدخل قوات الأمن بشدة شاهرة أسلحتها لتسهيل دفن الموتى المرفوضين.. رفض البعض استلام أمه المتعافية خوفاً منها.. ما جعلها تموت كمداً من شدة الصدمة على باب المشفى، وكانت فرحتها لا توصف حين نجح الأطباء في هزيمة الفيروس الذي احتل جسدها الواهن.

***

المؤلف الحائر

بينما الرعب يمتص نخاع عظام الخلائق.. جعل بعض الأدباء يفكرون في كيفية توظيف مأساة الفيروس القاتل «كورونا» لتأليف الروايات والقصص.

وحدهم علماء الأبحاث الطبية وأهل الكتابة والفنون يستقبلون الحوادث والكوارث بفكر مغاير.. يراه البعض ضرباً من العبقرية التي توصف بالجنون.. دع عنك أغنياء الحروب والأزمات؛ من يرَون في الكوارث بكل أشكالها مصدراً جيداً لأطماعهم المادية فيتاجرون في كل شيء وبكل شيء.

جعل الكاتب الشهير يخطط لرواية جديدة اسماها «الجائحة المسعورة».. تبدأ الأحداث بإصابة الإنسان بفيروس عنيف، جديد لا يعرفه العلماء؛ لا تناسبه الأمصال أو العلاجات المعروفة.

انتشر بين البشر بشراسة؛ تتساقط ضحاياه بكثرة ملحوظة، ثم يتحور ليصيب الحيوانات حتى نفقت جميعها

وخلت منها الأرض. أصاب الطيور الداجنة والتي في الفضاء، سريعاً انتقل إلى الأسماك.. تصحرت الحياة، سيطرت الرمال على المشهد القاسي.

ثم أفاض المؤلف الكبير في وصف خيالاته المرعبة.. فبدأ الجوع يأكل البشر؛ ما اضطرهم لأكل الموتى، لكن الأجساد المسمومة أصابت آكليها بالموت.. كان الأحياء يضرعون إلى اللـه أن يعجّل بموتهم.

بعد وقت من الصراع مع الرعب والجوع تحولوا إلى أشباح بشرية، شبه عرايا، متسخي الأبدان والثياب الرثة، تخور قواهم الواهنة يوماً بعد يوم.. أمسوا عاجزين تماماً عن الحركة، بالكاد يتنفسون هواءً ثقيلاً، جثث متعفنة لا تجد من يدفنها.. ماتت الأحاديث القديمة عن الجميلات وملكات الجمال، عن الشهوات والأقراص المنشطة، والعورات والفتنة، كأنها لم تخلق.

تزداد تحورات الفيروس المتوحش، تتلوث المياه، تمسي مسمومة ولكن قهر العطش يُذهب عقولهم فيشربون منها..

ينتهى المشهد بريح عاصف يدور بمناحي دنيا رواية المؤلف، يعقبه شتاء غزير.. ثم سكون تام.

تتشقق الأرض، تتسع أخاديدها، تبتلع ما عليها، تختفي الجثث والجيف والبنايات والآلات كأن الأرض قد تطهرت مما عليها بدفنهم ذاتياً في جوفها.

بعد وقت روائي غير معلوم يسترد الكون عافيته، تشرق الشمس على غابات طالعة، وجبال وأنهار، وأشجار مثمرة، تكسو قشرة الأرض نباتات وزهور، وورود تتراقص بفعل هواء نقي لطيف.

كانت المشكلة الكبرى التي واجهت المؤلف، كيف ستعود الحياة البشرية؟! ترى سيتكاثر رجال ونساء تم نفيهم إلى جزيرة بعيدة وسط المحيط لسوء طباعهم وشدة انحرافاتهم وفسادهم، وقد أفلتوا من الفناء؛ فلم يزرهم الفيروس القاتل؟ أم سيسكن الأرض كائنات ومخلوقات جديدة تغزوها من كواكب أخرى؟ كان يميل في قرارة نفسه إلى أشرار الجزيرة لتعمر الأرض بالبشر، لكنه يرفضهم بشدة لأمنيته أن ينتصر العدل ويسود الحب والفضيلة.

فجأة، بينما المؤلف في حيرة البحث عن حيلة لإعمار الأرض مرة أخرى، ورغم عزلته عن الجميع، أصيب بالفيروس التاجي. انتفض صارخاً مستغيثاً، سريعاً تم نقله إلى عزل صحي.. وهنت صحته فلم يعد في مقدرته مجرد التفكير في كيفية عودة الحياة للأرض الجديدة.

***

في ساحة المجانين

كعادتي في ليلة ختام المولد، الليلة الكبيرة.. أذهب للاستماع والاستمتاع بنفحات شيخي الروحية، أغسل نفسي من أدران الدنيا.. وأعود بزاد سحري تحلو لي العبرات على أبواب حروفه.

يعقد شيخي لواء مجلسه في نهاية الساحة على حافة الزحام، فالشيخ كثير الأضياف؛ أصحاب الطبائع العشقية لنور الحرف، المُريدين، المحبين، المكلومين، ومن يبتغون الطعام والمأوى والنوم الآمن في روضته.

يقولون عنه: «فتى دولة الباطن».. وذا لكرمه الواسع في المطعم والمشرب والأخلاق الحميدة، وإيجاد الأعذار لحماقات البشر، وقبل كل ذلك طيب كلامه الذي يُصلح به قلوب العباد ويحببهم في عشق ابتلاءات خالقهم عليهم

ذات يوم سألته عمّا يقصدون بهذا الوصف؟ فقال مستكثراً ذلك على نفسه: فتى دولة الباطن!..

يا له من مقام رفيع يطير بجناحيه حول العرش العظيم، الفتوة لا تنعقد إلا لقطب الوقت، حامل لواء تدابير الكون، أما الباطن فهو ما ينكره العقل الواعي وهو محق في إنكاره، فلو رآه حقيقة لطار لبّه، فالعقل عقال، والباطن لا عقال له، لا يقدر عليه إلا أكابر الفتيان.. ثم همس مبتسماً وهو مطأطئ الرأس، مغمض العينين: أنا أقلهم شأناً وأكثرهم ذنباً، أرأيت سيداً يصف عبده بأنه سيده إلا إذا كان مجنوناً؟ ثم انحدرت من عينيه دمعات وقال: لو يعلمون لقذفوني بالحجارة، سبحان ستّار العيوب.

...

في الطريق إلى مجلس شيخي رأيت الساحة كعادتها تكتظ بالخلائق.. إلا أن سوادهم _ويا للعجب_ فرادى وكأنهم غرباء، شأنهم يشبه الحشر العظيم، رغم أنهم أبناء ساحة واحدة، تظلهم وتطعمهم وتكسوهم أشجارها المثمرة.

هذا يبكي، ذا يصرخ، ذلك يتأمل دهشاً دون كلام وكأنه عاقل.. أحدهم ينظر إلى السماء ثم يشير إلى الخلق وكأنه يدلها عليهم؛ ثم يضحك كالمجنون ضارباً كفاً بكف!

رأيت رجلاً، لا أدري إن كان رجلاً أم امرأة؛ كثير الأسمال، طويل شعر الرأس إلى منتصف الظهر، ممتلئ الجسم بعض الشيء في ليونة ظاهرة، يغطي الوجه إلا موضع العينين النجلاوين الكحلاوين؛ خشية أن تصعقه نجوم الليل، فإن

القمر يغار منه ـكما يروون عنه أو عنها!ـ دون أن يتكلم يدور بلافتة مكتوب فيها «هنا ساحة المجانين.. من كان له عقل فلا يزاحمنا ويرحل».

كانت سيدة معتدلة القوام، قوية البنيان، كبيرة السن، يبدو في وجهها بقايا جمال ساحر، لا ترفع عينيها عنه، تضحك؛ فيظهر ما زرعته من أسنان ذهبية، تقول: لا تصدقوه فهو لص قاتل وأنا شاهدة عليه؛ سرقني وقتلني مذ عدة أعوام بعدما أفسد دنياي!

شق درويش فقير الحال رثّ الثياب، جلبابه، حتى بدت سمرة جسمه النحيل وحلمتا ثدييه، بكى وهو يشير نحوه ويقول: كل شيء هالك، فلا تغتروا برجحان عقله وواسع عطفه. ثم جعل يهتف كأنه يحذره أو يعلن مفارقته والتحرر من قيده: لن تجرّني خلفك للهلاك بعد الساعة.. لن تجرّني خلفك للهلاك بعد الساعة.. لن تجرني.........

فجأة سكتت كلماته الصارخة الرافضة، بغتة سقط على الأرض، انقطع عنه هواء الحياة.. ملأت وجهه ابتسامة فرحان، حتى ظن الغرباء أنه لم يمت.

...

في زحام المولد رأيت رجلاً رغم وجاهة منظره، ووقار سمته وزيه الإفرنجي النظيف؛ كأنه قادم من حفل استقبال رئيس أو أمير، وقد جاء الساحة يوزع النفحات على الأفواه

المفتوحة والبطون الجائعة.. رأيته يسأل الناس غير مبال بردود أفعالهم: مسكين قلبي؛ مسكون بامرأة لا تحويها حروف اللغة البشرية.. فماذا يسميها حين يناديها؟

لا يعيره أحدٌ أدنى اهتمام.. ولا يحفل هو بتجاهلهم وكأنه لم يسألهم.. يشير إلى أعلى، ربما نحو المئذنة السامقة أو السماء اللامعة.. يهتف بشوق لا يعرفه سواه: القلب يطلب حق اللجوء إليكِ، فلتفتحي بوابة الملكوت؟. ثم يمشي خطوات ويصرخ بوجع محموم: يا امرأة مستحيلة، بعدك كل النساء هوامش.

زعق درويش يراقب مشهده ويغطي وجهه بكفيه كمن يتقي لهيب نار: مدد يا أهل المدااااد.. أخرجوا هذا المجنون، ستحترق الساحة بزفرات قلبه المشتعل؟.

أعرف جيداً غرائب وعجائب كلماتهم ومستغلق أحوالهم لكثرة معايشتي لهم، فلا يعرف أسرار طريق الدراويش سواهم، كما يقولون: من ذاق عرف، ومن عرف اغترف. ويقولون: الطريق مثل الغابة، فيه الطيب كريح المسك الأبيض، والكريه كالجيفة، فيه الأفاعي والثعابين والثعالب الماكرة، فيه الذئاب في ثوب الحملان، وكذا الأسود والفهود والغزلان والحمر الوحشية والأولياء.. فلا يغرنّك من يجيد مكر الثعلب أو وداعة الحمل. ويقولون: أصدق الأحوال ما وصفوا صاحبه بالجنون، وكان كذلك، لكنه لا يدلهم عليه؛ خشية أن يتسلل النفاق لنفسه سرباً!

فيما مضى سألت أحدهم دهشاً: لمَ يلتذّ أهل الطريق بوصف الجنون ويبجلونه في كلامهم، حتى ظننت بهم الجنون أو يتمنونه؟!

ابتسم قائلاً بصوت مسموع: طوبى للمجانين.. اسمع يا هذا!؟، المجنون من البشر هو من يتحلى بأرقى صفات المؤمنين؛ الصدق.. المجنون صادق لا يكذب، لأن حاله لا يعرفه، ولا يحتاج من الدنيا ومن فيها وما فيها ما يعوزه إليه.. هل رأيت مجنوناً يكذب؟ وذا ما نهاني عنه مَن طاعته مِن طاعتِه، وعصيانه عين عصيانِه.

كنت كلما خالطت أحدهم، تذكرت كلمات الشيخ؛ المؤمن والمجنون لا يكذبان. أذكر أنني قرأت ما يكمل المشهد عند الشيخ الأكبر ابن العربي، في سفره الرابع من الفتوحات، إذ ينعتهم بعقلاء المجانين من أهل الله: أن جنونهم ما كان سببه فساد مزاج عن أمر كوني، من غذاء أو جوع أو غير ذلك. وإنما كان عن تجلٍّ إلهي لقلوبهم، و«فجأة من فجآت الحق فَجَأتهم»، فذهبت بعقولهم.. فهم أصحاب عقول بلا عقول! وعُرفوا في الظاهر، بالمجانين، أي المستورين عن تدبير عقولهم.

...

فوق صخرة في جانب من الساحة تلاصق حائط المسجد، رأيت رجلاً يقف على أطراف أصابعه وكأنه يستعد للطيران،

يناديه الناس ابن زيادة، يحمل صورة ورقية لكلام مخطوط؛ داخل برواز أنيق ذي طلاء ذهبي.. كان الناس يتزاحمون عليه لمعرفة سر الكلمات ومن يقرأها يرجوه بأن يسمح له بتقبيل البرواز.

مشرق الوجه؛ لا يكف عن الابتسام وكأنه وُلد مبتسماً، يشير إلى الكلام المخطوط ذاكراً حادثة كتابته، وكيف حصل على صورته.. قال: هذا ما خطه سيدنا الإمام بيمينه، حين استغاثت به المرأة الصعيدية وابنتها، وكانتا تقصدان الزيارة في الليلة الختامية لمولد ولي النعم، ولم تجدا سوى سائق حافلة رحب بهما، وفي ليل الطريق عبث الشيطان في نزواته، فأرادهما عنوة، بكت المرأة مستغيثة بالإمام الحسين: «بقى يتعمل فينا كدا يا سيدنا وأنا جيالك وبنتي نزورك؟!».. فجأة قطعت سيارة شرطة الطريق على سائق الشاحنة، وألقوا القبض عليه.

في مديرية أمن قنا حرر الضابط النوبتجي المحضر بناء على طلب سعادة اللواء ذي الوجه المزهر والمشهد المهيب؛ قائد القوة التي أنقذت المرأة وابنتها وألقت القبض على السائق.

بعد انصراف سعادة اللواء المهيب ومن معه بعد توقيعه على المحضر، وبصحبتهم المرأة وابنتها لتوصيلهما، ذهل الضابط النوبتجي، كأنما أصابه دوار شديد وهو يقرأ التوقيع: «الحسين بن أمير المؤمنين علي بن أبي طالب».

قال ابن زيادة وهو يبكي فرحاً: مازال دفتر الأحوال بتوقيع الإمام الحسين محفوظاً هناك لمن يرغب في رؤيته. أما فرحي العظيم هو الفوز بالسماح لي بتصوير محضر التوقيع الشريف لمولانا الإمام، وها هو أمامكم داخل البرواز الذهبي.. ثم بكى بلهفة مشتاق، قال بصوت أسيان: ويعيبون علينا عشق آل البيت!

رفع البرواز إلى أعلى حتى آخر أطراف أنامله، وكأنه سيطير حقاً، بدا المشهد وكأن البرواز هو الذي سيحمله مثل طائر عملاق ويرتفع.. كان الناس يذوبون هياماً مثل شموع بيضاء اللون تصهرهم نار الشوق، يتقاسمون البكاء والتهليل والتكبير واستعطاف ابن زيادة بالسماح لهم بتقبيل البرواز أو حتى لمسه.

انتزعت نفسي مما رأيت وأنا في حيرة من أمري، كأنني في حلم غريب لا يمكنني تفسيره، عزمت على سؤال شيخي عن سبب كثرة مجانين الساحة هذا العام؟

صادفني وأنا في طريقي إليه، يلبس السواد ويضع قلنسوة سوداء اللون على رأسه، يتدلى على صدره صليب كبير.. يتبعه خلق أعرف وجوههم لكن تغيب عني أسماؤهم. لم أستنكر هيئته، فالمظاهر في طريق المعشوق لا يعول عليها _هكذا علمنا_ انحنيت على يده أقبلها وأبثها أشواقي، رفع يدي إليه وقبلها أولاً، ثم تركني أقبل يده، ابتسم قائلاً وهو يربت على

كتفي: انتظرني في بيتي فأنا هناك.. لم أتعود مخالفته ما استطعت؛ هززت رأسي وأغمضت عيني إشارة الطاعة رغم أني لا أعرف مكان بيته!

عزمت على تقديم آداب الزيارة أولاً، هكذا علمنا مشايخنا.

توضأت، دخلت المسجد؛ وقفت قبالة المحراب أقيم الصلاة، بعدها أزور ضريح مولانا صاحب الفرح.. بعد ذلك أبحث عمن يدلني على مكان بيت شيخنا.

كاد عقلي يغادرني عندما وجدته يتقدمني إماماً؛ يرفل في ثوب أبيض اللون فضفاض، ورائحة البيت العتيق تفوح منه! ابتسم وكأنه يرحب بي، فرقصت نجوم الليل في عينيه، قال بلهجة الآمر المحب:

أقم الصلاة يا مجنون؟.

***

فور وصول الجثمان
يوميات قاتل اسمه «كورونا»

بفعل رطوبة الليل، أصبح الصفير الأجش لميكروفون مسجد القرية، أشبه ما يكون بحشرجة قتيل يحتضر.. سكين يشق في القلوب ـرغم نداوة الصباحـ جرحاً غائراً، غليظاً.

تتسمر أقدام من يباغته الصفير القبيح في مكانه، يكف جميع من يسمعونه في البيوت عن الحركة.. يعلمون علم اليقين أنه يحمل خبر موت؛ واحد، اثنين، ثلاثة، الله أعلم بعددهم.. لكنه موت؛ سقوط أرواح جديدة.. فالملعون «فيروس كورونا» لا يرحم ولا يشبع.

يفزع من غلبه النوم مذعوراً، وكأنه المعنيّ بالصفير، فالموت قاتل مباغت لا يعلن موعداً، ولا يستأذن في الدخول.. هل يضرب الخاطف موعداً لقدومه؟!

تتجمع حواسهم في آذانهم، يسترقون السمع ليعلموا أسماء من قتلهم الفيروس اللعين خلال الساعات الفائتة.

بعد أن ينفخ مؤذن المسجد ـ كعادته ـ في جهاز تكبير الصوت ليختبره، فتمرق نفخته العفية في الهواء كأنها نذير قيامة.. يمط حروف الكلمات ضاغطاً عليها وكأنها ولادة عسرة، يتلكأ في نطقها وكأنه يعتذر عن كونه بشير أحزان:

«بسم اللـه الرحمن الرحيم.. إنَّا لله وإنَّا إليه راجعون.. توفى إلى رحمة الله تعالى..... و الدفن فور وصول الجثمان».

لم يعد مؤذن المسجد يذِّكر الناس بأن العزاء يقتصر على تشييع الجنازة، فقد لزم المشيعون بيوتهم خوفاً ورهباً.. كما لم يعد تشييع الجنازة معلوم الوقت مثل أيام الموت القديم، أصبح مرهوناً بساعة وصول الجثمان من مشفى العزل الصحي في أي وقت من ليل أو نهار.

ما على أهل الميت سوى تجهيز المقبرة والابتعاد عنها.. يتولى عملية الدفن «رجال الصحة» الذين يرتدون ملابس غريبة أشبه ما يكون برواد الفضاء؛ وذلك للوقاية من العدوى بالفيروس القاتل؛ الذي كان كثيراً ما يجد سبيلاً إلى صدورهم.. يغلق مسارات الهواء فتسقط أرواحهم.

طوال أيام الرحيل المكثف، كان مألوفاً أن ترى عدة مقابر تفتح أفواهها المظلمة دفعة واحدة، لتغلقها على جثث الراحلين المعبأة في أكياس سوداء؛ مكتوب عليها تحذيرات بعدم اللمس أو الاقتراب منعاً للعدوى المهلكة.

يتكرر مشهد صراخ سيارات الإسعاف في طريقها إلى المقابر في الصباح، وسط النهار، في جوف الليل.. أمسى الموت سيد الوقت، أبرز مفردات الحياة.

ما كان الناس يعرفون دفن الموتى في الصباح الباكر أو في جوف الليل حتى فرض الفيروس القاهر قانونه الجديد، فالضيف الثقيل لا موعد لحضوره ولا استئذان.

كانت قريتنا تصحو على الأحزان، وبالأحزان تستقبل المساء، حتى تشققت قلوبهم مثل الأرض «الشراقي» العطشى لماء الحياة..

يغزو فحيح مكبر الصوت بأعلى مئذنة المسجد نفوس الصغير والكبير، ربما هي الحالة الوحيدة التي وحدتهم فيها همجية الضيف الثقيل، سواسية تحت مقصلة الوباء. كأنه موسم لتساقط الأرواح، وليس حبات التوت والجميز من شواشي أشجارها المحبوبة، وشقاوة الأطفال وضحكات الصبيان والبنات.

لم يعد الفزع يغزو أوصال الناس مثلما كان يحدث في أيام الموت العادي.. جعلتهم الجائحة سكارى وماهم بسكارى، حلّ بهم الاستسلام العاجز، انعدام الحيلة أمام باطش لا يعرف الرحمة..

بلا إرادة واعية يتحسس من يسمع صوت النبأ الحزين، جسده ليتأكد أنه ما زال حياً.. يتبادلون في تباعدهم نظرات

الصمت الناطق: هل أنت بخير؟ وهم يعلمون أنهم ليسوا بخير.. فالفيروس الغادر رغم تباعد الأجساد وكمامات الأفواه والأنوف يخترق صدورهم. عدو لا تراه ولا يمكن أن تلمسه بيديك هو أشرس الأعداء؛ حكمة قالها رجل عجوز طحنته نوائب الدهر.

سخر أحدهم في مرارة طافحة: لم تعد الحياة تقاس بالسنين كسالف عهدنا بها، بل باليوم ونصف اليوم.. فمنا من يطول عمره إلى المساء، وفينا من يعيش إلى الصباح!

صوَّب مكلوم نظره نحو السماء والدموع تغرق تضاريس وجهه: ما الذي يراد بي يا اللّه؟ قتل الفيروس، الجبار، شديد البطش، أولادي وزوجتي فلماذا لم يقتلني أنا أيضاً؟ أي حياة ذليلة أحياها والدار بغير أهلها ظلام موحش، صامت مثل كهف خرب؟ إنّ البيت الذي كان فيه راحتي وفرحتي بميلاد أولادي وإغلاق بابه علينا كان الأمان والستر لي.. أصبح إغلاق بابه مصدر رعبي وأحزاني وافتراس القهر لقلبي الوحيد الواهن.. أمسى بارداً، لزج الهواء، مثل مقبرة لم تفتح مذ ألف عام.. لذا أرقد في الشارع مؤتنساً بدواب الليل؛ الكلاب والقطط والفئران والهوام وحشرات الشقوق.. وأخاف دخول بيتي!

مشهد جثث أهلي في الأكياس السوداء يمزق روحي.. منعوني الاقتراب منهم خشية على «جثتي» من العدوى، ألا يعلمون أن الموت هو الهدية التي أرجوها الآن؟!.

جعل المكلوم يتكلم ويبل البكاء كلماته حتى أسكرته الحال فصرخ: يا اللّـه.. يا أرحم الراحمين، نحن أضعف من أن نواجه هذا الملعون فارفعه عنا، فأنت وحدك القادر؟

كان صدى صوته الصارخ يزلزل الفراغ، يهز جدران البيوت وغصون الأشجار وكأنها تستغيث معه!

جاء صوت جهوري من خلف النوافذ؛ أظنه شيخ المسجد الذي غاب عن العيون مذ حلت الجائحة: استغفر ربك يا رجل، لا تمت كافراً؟

زعق صوت وكأنه يسخر من اختفاء الشيخ: لا تسبوا الفيروس فإنه جند من جنود اللـه، من سبه فهو آثم، سوف يخش النار؟!

عاد صوت الشيخ المختبئ خلف النوافذ: أتهزأ من دين اللّـه يا مجنون؟ مصيرك جهنم وبئس القرار.

رد متهكماً: كيف أهزأ وأنت تعكتف في بيتك يا مولانا لتخترع للناس علاجاً يقضي على الفيروس الفاتك؟!

ظن شيخ المسجد أن أصواتاً ستدافع عنه، وتعنّف المتكلم وتصفه بأفظع الصفات وتلعنه؛ مثلما كان يحدث في أيامه الخوالي قبل الجائحة.. إلا أنه لم يسمع سوى الصمت الذي بدده صفير ميكروفون المسجد؛ يخبر الناس بتساقط أرواح جدد قتلها الفيروس المميت، ليفتحوا أفواه المقابر، لدفنهم فور وصول الجثامين من مشافي الحجر الصحي.

أسند رجل طاعن السن يتوكأ على عصاه، ظهره إلى حائط المسجد الذي لا يفتح أبوابه؛ اللهمَّ إلا لإعلام القرية بأسماء الأرواح التي سقطت.. وكذا رفع الآذان دون إقامة للصلاة؛ وحسب التعليمات العليا يقول: ألا صلوا في بيوتكم.. ألا صلوا في رحالكم.

...

لم يستجب الرجل العجوز للأصوات المتباعدة المشفقة، التي تخشى عليه خطر الخروج من داره، ربما صادفه الفيروس وهو شيخ كبير.

كان يبتسم لنفسه في مرارة طافحة وكأنه يرد على كلامهم: نجوت من «وباء الكوليرا» وكانت «شوطة» تحصد أرواح الكبار والصغار بجنون، وكنا نزرع الأرض رغم الموت الذي عاش معنا، لم تعرف قريتنا حينها سوى حصاد المحاصيل، ليطعم البشر والحيوانات والطيور.. لكنكم جيل هشّ، أشباه رجال، لا طاقة لكم بفلاحة الأرض، لا تفلحون إلا في أحاديث النساء وأقراص المنشطات.

زفر زفرة حاول بها إزاحة الهموم عن كاهله الواهن، ثم واصل حديث نفسه: وها أنا يمتد بي الأجل لأرى منجل «الكورونا» تتساقط بين أسنانه الأرواح، وكأنه موسم زوالها كأوراق الخريف الصفراء.

رحل سواد أصحابي؛ من كانوا يجلسون معي في هذا المكان الطيب، نسند ظهورنا على حائط المسجد؛ فلم يعد

لنا سواه، نتكلم بعد صلاة العصر، نضحك، نتذكر ماضينا بكل تفاصيله ونضحك، نعيد من جديد حكايات مخازينا وفضائحنا وقت شبابنا وفتوتنا؛ حقاً القوة دون ضوابط أخلاقية بنت الشيطان.

سلب الفيروس القاتل أرواح أصحابي المؤنسين، أصبحت وحيداً، لا جليس ولا أنيس ولاصلاة في المسجد.. اليتيم من لا أنيس له. لا محالة جاء دوري في الرحيل.

أرجو أن يحين أجلي في سجودي لرب العالمين.. كنت أرجوه في البيت الحرام لكن الوباء أغلق البلاد.. إيه _رب هنا رب هناك_ كلها بلاد اللّه.

كان يأمل أن يسمح له مؤذن المسجد بالدخول ليعتكف به مصلياً حتى يدركه الموت، ولأنه ممنوع كان يصلي قدّام المسجد.. كان المؤذن يبتعد عنه مذعوراً كلما رآه؛ وكأن الرجل يحمل الفيروس معه، يخاطبه في مبعدة ناصحاً في ثوب المعتذر: يا عم الحاج، ربي يعطيك الصحة وطول العمر، الزم بيتك، لو تركتك تدخل المسجد ستخرجني وزارة الأوقاف منه، وهو لقمة عيشي الوحيدة كما تعلم، لا أمتلك أرضاً لأزرعها مثل الناس، ولدينا وزير شديد!

ابتسم قائلاً: لو طردتك الأوقاف بسببي سأكتب لك فداناً مما أملك؛ تزرعه رغم أنف أولادي.

ضحك المؤذن بمرارة وقال مازحاً: اكتبه الآن؟ فلو شردني الوزير، أو أخذني الوباء قبلك فمن لعيالي بعدي؟!

استعاد الرجل روح السخرية القديمة التي هجرته، ضحك حتى بدت بقايا أسنانه، قال وهو يمسح دموع عينيه: لا تقلق، سأتزوجها فور وصول الجثمان، وسأربي لك الأولاد أحسن تربية يا حضرة المرحوم.

في المساء توقفت يده في الهواء قبيل أن تلمس طعام عشاءه المسلوق، خفق قلبه عندما سمع صراخ سيارة الإسعاف، تمتم: اللهم اجعله خيراً؟.

بكى كمن فقد ولده الوحيد، حين قالوا: أخذوا مؤذن المسجد للمستشفى، دوت صرخات تستغيث: زوجي الذي يؤذن لكم في الجامع أخذته الكورونا يا أهل البلد.

***

أفراح ما بعد موتي

صادفني بائع «روبابيكيا» وقد امتلأت عربته الخشبية التي يدفعها أمامه بالكتب القديمة، قلّبت فيها فوجدت مفاجأة غريبة؛ مذكرات بخط يدِ أستاذي في قسم الفلسفة الذي انتقل عن دنيانا منذ سنوات، سألته كيف حصل عليها، فقال: يبدو أن أسرته انتقلت من مسكنها إلى آخر فتخلصوا من كتبه وأوراقه وكل قديم في مسكنهم القديم، فاشتريت منهم ما ملأ العربة، والحق يقال كانوا كرماء معي أو زاهدين فيها فلم يجادلوا في ثمنها، فهي تزحم المكان بلا فائدة _كما قالوا_.

أصابني حديث الرجل بصدمة كبيرة؛ إذ كيف لهذا التراث القيّم من الفلسفة أن يكون مصيره عربة بائع متجول ربما لا يعرف القراءة والكتابة؟ ابتعت منه عدة كتب رغم وجودها في مكتبتي؛ ولكن تكمن ميزتها أنها في طبعتها الأولى القديمة جداً، من تأليف أستاذي الراحل الذي كان يراه أساتذة الفلسفة عبقريّ الزمن القادم لتميز أفكاره.. وعندما

وقعت يدي على كراسة مذكراته الخاصة بخط يده ارتجف داخلي لكشف أسرار الرجل بهذه الطريقة المتاحة لأي عابر؛ وحمدت اللّه أن وقعت في يدي. وهمست في نفسي: «خبيئة ثمينة» إذا كان المسطور بها من الآراء الفلسفية والتأمل في الكون والحياة، سأقوم بترتيبها ونشرها.. وذلك أبسط حقوقه عليّ كتلميذ له كان أثيراً لديه، وفرحت جداً رغم حزني وصدمتي على طريقة أولاده في بيع كتبه وأفكاره وكأنهم ينظفون البيت من قاذورات.

وإن كانت غير ذلك من قبيل بوح النفس الذي يحبه البعض فالحمد اللّه أن وقعت في يدي، سأخفيها أو أحرقها المهم عندي ستر لحظات الضعف التي يمكن أن تشوه أستاذاً له قدره الفلسفي، وحمدت الله كثيراً أن لم يسبقني إليها أحد الذين يعملون بالصحافة الثقافية، ساعتها سينشرها وحبذا لو كانت فضائح وربما زاد من عنده تفسيراً مغرضاً، أو يتصل بمن كانوا يكرهون تميّز الأستاذ فتكون الفرصة لتشويهه، ويظهر الصحافيّ القزم أخلاقياً على ورق الجرائد فارساً يقدم للقارئ سبقاً أو انفراداً صحفياً كبيراً.

...

لشدة شوقي لمعرفة أفكاره التي لم ينشرها جلست على أقرب مقهى في طريقي وجعلت أقلب الأوراق المكتوبة بخط يده الذي أعرفه جيداً، فلم أجدها مذكرات بالمعنى

المتعارف عليه، أو خطة أفكار لكتاب جديد ينوي كتابته وإنما نفثات مكروب يستشرف الموت وتعتصره الآلام لجهله بساعته المحتومة، وكل ما يرجوه معرفة موعد مجيئه بعدة ساعات فقط، وكذا أذهلني عنوانها الذي يقول:

«أحزان ما بعد موتي»..

وقد بدأ كلماته غير المرتبة بجملة كأنها عنوان جديد:

«خواطر عاشق لنور الفلسفة يأكله القلق».. وقد دار بالقلم حول الكلمـات عدة دورات عميقة ثقبت الورقة في أكثر من موضع، وكأنها تعبيرات لأحزانه بلغة سرية لا يعرفها غيره..

أحياناً يكتب في هامش الورقة بعرضها وليس بالطريقة المعتادة، وأحياناً يكتب داخل دائرة يرسمها بالقلم عشوائياً، وهنا وقعت في حيرة وتساؤل: هل هذه أسرار لا يجب البوح بها، ودفنها كما دُفن صاحبها؟ أم أنها حالة ربما يمر بها سواد الفلاسفة والمفكرين والأدباء الصادقين؟

قلت في نفسي لأقرأ أولاً حتى نهاية الأوراق وسوف تتضح الرؤية ويكون القرار.. داخل دائرة بطول الورقة كتب استاذي حولها من الخارج بيت شعر من قصيدة رباعيات عمر الخيام ترجمها أحمد رامي ولحنها رياض السنباطي وغنتها السيدة أم كلثوم: «وقد تساوى في الثَرى راحلٌ غداً وماضٍ من أُلوفِ السِنين»، وفي داخل الدائرة كتب:

«ليس قلق الموت فهو قدر محتوم لا يستأهل منّا نحن الفانين الهالكين القلق، فأنا لا أخشاه رغم أنه حكم بالإعدام يتم تنفيذه بلا مراسم أو تلاوة حيثيات، إلا أنه الحقيقة الوحيدة التي يتوحد فيها البشر دون فوارق؛ ولكن ما أخشاه ساعته المجهولة المباغتة، أتمنى لو يخبرني قبل لحظته الحاسمة بعدة ساعات فقط، ألملم فيها أوراقي وأسراري الخاصة التي لا أود أن يهتك سترها مخلوق بعدي وأتخلص منها ثم يفعل بي ما جاء من أجله.

...

وفي صفحتين متجاورتين كتب فيهما وكأنهما صفحة واحدة: «عندما يتذكرني الموت سيذكرني أحبتي قليلاً ثم يواصلون الحياة، وذلك لا يحزنني فتلك طبيعة البشر، كما لا يحزنني موتي فقد تمنيته أكثر من مرة، في مواقف كان تجرع كأسه أقل مرارة من كأس الحياة؛ ولكن أبشع ما في الموت أن تكون أشياؤك الخاصة جداً مستباحة لمن يعثر عليها، ومستباحة التفسير حسب الهوى.

ربما يلعنوني فيما بينهم ـ أقصد أهل بيتي وأخوتي الباقين على قيد الحياة ـ لأن مقاصدي الفلسفية تغيب عن أفهامهم؛ ويمتدحوني في العلن لأنني منهم، ويؤلون أفعالي التي لا تروق لهم بالخير؛ ليس حباً لها ولكن حتى يقتنع الآخرون بصلاحي، وأنني لقيت ربي الكريم وأنا مؤمن به وبوجوده

ورسله وكتبه وأنني كنت حريصاً على الصلاة في أوقاتها، وذلك لإرضاء «صبيان العقيدة» لأنهم يكرهون الفلسفة ومَن يتكلمون بها، فالحقيقة التي تعجز عنها أذهانهم قد تسيء إليهم _حسب ظنهم_ وذلك ما يحزنني جداً.

وفي عدة صفحات كتب شهادة لا تفارق ذاكرته، يقول:

«لقد رأيت وأنا في مطلع شبابي جنازة لمفكر كبير رغم صغر سني عمره؛ كرّمته الدولة بعد دفنه بثلاثين عاماً، وأعادت طباعة كتبه على أنه رائد من رواد التنوير.. قتله اجتهاده، فقد جعل من نذروا أنفسهم خصوماً له وحرضوا على أفكاره فقهاء السلطان رغم أنهم لم يقرؤوها .. فجاءه الموت على أيدي بعض المتطرفين الذين يجهلون القراءة والكتابة تقرباً منهم إلى اللـه بدمائه! وليس خلف نعشه من الخلق الذين قُتل من أجل إنارة عقولهم، سوى ما يكفي بالكاد لمواراة جثته تحت التراب على عجل شديد، وما تخلفوا إلا لخوفهم من لعنة الله التي ستصيبهم حسب فتوى «صبيان الفقهاء الجدد»، الذين يقدسون المتعة الحياتية وتعدد الزوجات الصغيرات وركوب السيارات الفارهات متنطعين قائلين: «ومن يحرِّم زينة اللّـه التي أحل لعباده»؟

قد كان يفضح جهلهم وجمود عقولهم وتشددهم بغير فقه حقيقي، وحرصهم على العيش في بحبوحة ومساكن ذات معارج عليها يظهرون، ودلال صغيرات السن جداً، رغم

تحريضهم الناس من فوق المنابر وأشرطة «الكاسيت» التي تضخمت حتى أصبحت قنوات فضائية على الزهد في الدنيا والعيش الكفاف تأسياً بالنبي الكريم الذي كان يجوع يوماً ويشبع يوماً، ولا يوقد في بيته الطاهر ناراً لمدة شهرين وثلاثة أشهر بقصد طهى الطعام، وتخويفهم بعذاب القبر وأهواله، ونصحهم بمنح ما في أيديهم للجمعيات التي يسمونها «خيرية» والتي يشرف على إنفاقها بالطرق الشرعية أهل العلم الرباني _يقصدون أنفسهم_ ليشتري المنفقون لأنفسهم جنة الخالق يوم الحساب ويفلتوا من عذاب الجحيم!

وكانت تحمر وجوههم وتنتفخ أوداجهم وهم يلعنون باسم اللـه أفكار الأستاذ لأنها فلسفية، والفلسفة من وحي الشيطان، والحق يقول: «لا تتبعوا خطوات الشيطان»، ويقولون: إن اللّـه بقدرته يدبر لنا ما يصلحنا، وليس هذا الفيلسوف الكافر وأمثاله ومن يؤمنون بأفكاره..

كان العامة يصدقونهم لجهلهم بفلسفة ما يدعو لتحررهم من أسر ضلالات جمود عقولهم، وأورثت فتاويهم أهله العار؛ رغم إعلانهم البراءة منها ومنه ليرضى عنهم «صبيان الفتاوى» الذين نصّبوا أنفسهم حراساً لشرع اللّـه وفهم مقاصده.

فالبسطاء فقراء الذهنيات يمثل رضا الناس وخاصة «صبيان الفقهاء» عنهم مقاماً كبيراً، ربما يفوق مقام رضا اللـه سبحانه في نفوسهم!

يتعاطون الأمثال الشعبية الساذجة المنافقة، على أنها حكمة الآباء والأجداد.. «دَارِهم ما دمت في دَارهم»، «إرضهم ما عشت في أرضهم» فتاجر المخدرات الكبير الذي يوزع عليهم لحوم الأضاحي والهدايا هو «الحاج»، والفاسد المتوحش في فساده الذي يتبرع لهم ببعض ماله الحرام بدعوى المشروعات الخيرية «الباشا الكبير الصالح».

وفي صفحة أخرى أكثر حزناً كتب الفيلسوف الراحل:

«يمنحونك في الساعة الأولى لقب «المرحوم»، ويتراجع اسمك الحقيقي أمام هذا اللقب الذى لابد منه، تماماً مثل «الكفن»، لابدّ من الكفن حتى لو جاء الموت في سفينة وسط البحار، لابدّ وأن يكفن الميت، قبل أن يُلقى به وجبة شهية للأسماك، وكائنات المياه المالحة..

ويصبح الخلاص من صورك الضوئية المعلقة على الحائط، وإزالة شهادات التقدير والدرجات العلمية ضرورة دينية حتى لا تذكّرهم بأفكارك الكافرة، حين تصدم عيونهم الطيبة المؤمنة بفقه «صبيان الدعوة» «صورك الشريرة».

أغلقت «كراسة خواطر الأستاذ» فقد شعرت بدوار يجبرني على التوقف، ألقيت جسمي على سرير النوم عله يدركني مما حلّ بي من أحزان..

لا أدرى أي شيطان تسلل إلى رأسي تلك الليلة، كما فعلها كبيرهم قديماً، وكان سبباً في طرد آدم وحواء من نعيم

الجنة إلى شقاء الأرض، استقر الملعون في رأسي فطار النوم وطالت ساعات الليل والسهد، وجعل يستعرض معي وقائع موتي، لحظة بلحظة، ساعة بساعة، يوماً بعد يوم، داخل القبر وخارجه، وأنا على غير عادتي مستسلماً، استسلام الميت وهم يغسلون جسده، يحركوه كيفما أرادوا؛ يؤلمني جداً أن أكون مستباحاً ولا إرادة لي.

في الجانب الأيمن للقبر وعلى شقي الأيمن أرقدوني حسب السُنَّة، وتمتم رجل في أذني اليسرى جهة القلب، يوصيني بإجابات على أسئلة سيواجهني بها ملائكة الحساب: «إذا سألوك عن اسمك، أنت عبد اللّـه ، وربك اللّـه ، ودينك الإسلام، وكتابك القرآن، والنبي الذي بُعث فينا محمد صلى الله عليه وسلم».

وكنت قبل موتي أتعجب، هل من حسابين لفعل واحد، أحدهما في القبر والآخر في يوم الحساب؟! حاشاه اللّـه أن يفعل.

أراني الملعون جسدي يتورم، بطني ينتفخ ساعة بعد ساعة، ويصطدم بالحَجَر المثبت قدامه حتى لا ينقلب الميت على وجهه، بل يرتد على ظهره؛ لحمي يتساقط ببطء، والدود يتراقص في أحشائي، والشحوم تذوب وتسيل، وكأنها قطع زبد فوق نار هادئة، أو قطرات الدهون التي تتساقط من اللحم المشوي فوق الفحم الملتهب عند صانع الكباب.. ومن

المفارقات التي جعلتني أبتسم ساخراً بمرارة أنّ الخلاص من تلك الدهون المتراكمة داخلي قبل موتي كان مشكلة كبيرة؛ وأنفقت على الخلاص من بعضها عند الأطباء الكثير من الأموال، حقاً لدى الموت حلٌ للمشكلات العصيّة.

رأى الملعون ابتسامتي الساخرة فظنَّني أهزأ به؛ فجعل يرتب الأحداث بشكل كله شماتة وكأنه المنتصر المتوج بأكاليل الغار على عدوه المسحوق تحت قدميه الذي هو أنا، وقال: أنا لا أموت أما أنتم فميتون، أتظنون أنكم عند اللّـه أفضل مني؟ كلا وإلا ما أماتكم وجعل عظامكم تراباً تطؤه نعالكم، فأيَّ كرامة تدّعون؟ ثم رقص حول نفسه وقال: اسمع يا هذا ما ينتظرك، في أول يوم يبدأ تعفن بطنك وفرجك وقد كانا كل همك وعنوان متعتك ولذتك الكبرى، في اليوم الثاني يواصل التعفن درجاته ليطال الطحال والكبد وتنتفخ العينان واللسان الذي كثيراً ما تعاليت به وأخرجت سموم قلبك، ويتغير لون جلدك الذي أنفقت في تجميله الكثير من المال الحلال والحرام سيصير إلى اللون الأخضر الزيتوني الباهت، في اليوم الثالث يشم الذباب الأزرق رائحة نتنك فيحوم حول قبرك يريد الدخول إليك بينما الدود يتراقص في أعضائك، وتملأ رائحتك النتنة جداً فراغ القبر، ويتسلل بعضها خارجه لكثافتها الضاغطة.

أخذني دوار «قَرَف شديد» من رائحتي، قفزت إلى الحمَّام، استفرغ ما في جوفي، ما في نفسي «فإنَّ من القَرَف التَّلف»،

جعلت اسكب على أنفي روائح ذكية نفاذة، محاولاً الخلاص من رائحة عُفُونتي، وخرجت مذعوراً إلى الشارع أحتمي بالناس من سطوة قبح الشيطان وقبح موتي.

...

لم يتركني الملعون في الليلة التالية؛ تسلل خلسة داخل رأسي حتى كرهت غرفة نومي، مرة أخرى هجرني النوم فقد جلب لمخيلتي صور الأهل والأصدقاء وزملاء العمل، وجعل يصنفهم حسب خبرته الطويلة والعميقة جداً بالبشر من سيحزن وكم يوماً سيطول حزنه، ومن سيدعي الحزن وقلبه يرقص طرباً لأنه سيحتل مكاني الوظيفي، ومن سيقول شامتاً: فليذهب إلى الجحيم، فقد أراحنا اللّه من غطرسته.

قهقه الملعون وهمس في أذني: لا تظن أن إخوتك سيحزنون ـكما تتوهم_ مجرد حزن تقليدي، بل إن أحدهم ستدمع عيناه وقلبه ينتشي فرحاً فقد كان يكرهك، رغم أنه الأكثر استفادة منك، بل إنك من وضع حجر أساس مستقبله، وجعلت منه رجلاً محترماً بين الناس.

أنت تعرف صفاته جيداً، بخيلٌ، لئيمٌ، شحيح النفس، وحريص على الدنيا رغم أكاذيبه عن فضيلة الزهد وكأنه أحد صبيان الفقهاء الجدد، سيفتش في سيرتك بعد وقت من رحيلك عن نقيصة ما ليذكرها وهو يدعو اللّه «كاذباً» بأن يغفر لك، قاصداً من ذلك أن يعرفها من يجهلها، يدّعى الإيمان الشديد بالله رغم شكه في وجوده سبحانه.

أما شقيقك الثاني، فسيبكيك بقوة ويأخذ منه الحزن مأخذه، ولكن سرّ ذلك ليس رحيلك المباغت أو حبه الشديد لك، ولكن ذلك طبيعته فهو يبكى لأتفه الأمور، ولأقل المشاهد «درامية في الأفلام والمسلسلات»، وتدمع عيناه للحكايات الخيالية لخطيب المسجد يوم الجمعة الذي يحرص على التباكي، ليبكي الناس فتزداد شعبيته الإيمانية، فكانت دموعه تنهمر ما جعل الخطيب يشهد له بالإيمان ورقة القلب، وأنه بعد عمر طويل من أهل الجنة، فكان ذلك يسعده كثيراً؛ رغم أنه لا يفرق بين مال يأتيه من حرام أو حلال، ويراه رزقاً من عند اللّـه ، يستحق عليه الحمد والشكر.

ويتساوى في بكائه من يمت في «مسلسل تليفزيوني» ومن يمت أمامه غارقاً في دمه إثر حادث أليم أومن يمت بين يديه مثلك.

وغمز الملعون بإحدى عينيه ورقَّص حاجبه، وقال: سيضعونك في التراب ويجلسون في العزاء، يرددون أقولاً مكرورة في هذه المواقف: «كان المرحوم _الذى هو أنت_ أهلاً لكل خير، كان كريماً وعطوفاً، كان وكان وكان.....» ثم يذهبون إلى تناول الطعام المتميز في مثل تلك المناسبات، اللحم المحمّر والأرز المخلوط بالشعرية والبطاطس المطبوخة ذات القطع الكبيرة الطويلة، ويشربون القهوة وينفثون دخان السجائر وكأنها السلوى والسلوان لهم في مصابهم الذي هو أنت!

بعد عدة أيام سيختلفون وربما يتشاجرون في اقتسام ميراثهم مما تركته فإنك لم تنجب ذكوراً، ومنهم من سيدبر للزواج من أرملتك بدعوى تربية بناتك، بينما هدفه الحقيقي الاستمتاع بزوجتك الحسناء والميراث الذي تركته لهم، وستخبره زوجتك بشهوة خفية ضرورة إنجاب ولدٍ ذكرٍ لتحقيق أمنيتك التي لم تتحقق؛ رغم أنك كنت راضياً فَرحاً ببناتك.. أو يجذبها الحنين إلي حبها القديم وترتمي في أحضانه باكية وهو يربت على كتفيها يواسيها في رحيلك، وسيذكرون معاً فضائلك بكلمات دافئة في بداية الأمر ثم تتلاشى سيرتك وتحل مكانها الضحكات وكلمات الغزل والنشوة، وستقول له: لولا وقوفك بجانبي كنت سأصاب بالجنون؛ وسيستعيد معها العشق القديم ويلعن الظروف التي فرقتهم وأنه كان يتمنى أن تكون بناتك منها بناته هو، وربما سيتزوجها سراً أو يصبح صديق العائلة المقرب منها ومن بناتك.

انتابني غضب شديد، جعلت أسب الشيطان ووساوسه، ولكن أين هو لأفرغ فيه غيظي؟ ولا أدري كيف حضرتني الآية الكريمة: "إنَّ من أَزواجكم و أولادكم عدوّاً لكم فاحذروهم «والآية التي تليها «إنما أموالكم وأولادكم فتنة والله عنده أجر عظيم» التغابن؛ فقررت الذهاب إلى الفقهاء الحقيقين الكبار سناً وعلماً بالأزهر الشريف لمعرفة المقصود الإلهي وأسباب النزول والتفسير المتفق عليه، حتى أسد الثقوب التي يمكن للشيطان التسرب منها لرأسي.

قررت أيضاً ترك الغرفة والنوم في مكان آخر، ربما تركني أهنأ بنومي ليلة واحدة، ونبتت في رأسي فكرة أن أنام بجوار جهاز التلفز عسى أن يُذْهِب صوته، صوت الملعون بداخلي.

غضبت زوجتي واتَّهمتني بأنها حيلة للهرب من جوارها وانتقاص من حقوقها الشرعية، وطَلبت من بناتي أن لا يتركنني في تلك النومة التي تعَجبن لها بعد أن حرضتهن ضدي بدعوى الخوف على صحتي.

ألهمتني تلك الوساوس الشيطانية فكرة التخلص من مكتبتي العامرة بالمخطوطات النادرة؛ وذلك بإهدائها لمكتبة عامة يفيد بها دارسوا الفلسفة قبل بيعها لباعة «الروبابيكيا» بعد موتي، ولكن هناك خطوة من الضرورة بمكان قبل التخلص من مكتبتي بالتبرع وهي تمزيق صوري الكثيرة بمناسبة التكريمات التي حصلت في بلدان العالم، ثم إغلاق صفحاتي الخاصة بالتواصل الاجتماعي «فيسبوك» و «تويتر» التي كانت متنفساً لبعض أفكاري ودعاباتي التي يضحك لها ويسعد المحبون ويسخر منها غير المحبين ويرونها سخافات ثقيلة، وكذا صوري «الفوتوغرافية» التي كنت أراها طريقة جالبة للسرور مع الأصدقاء والصديقات، وقبل هذا وذاك عليّ التخلص من «صندوق ذكرياتي القديمة» خطابات حبيبتي التي حالت الظروف بين إتمام زواجنا؛ صورنا ونحن مبتسمان فرحان نرسم المستقبل السعيد ونختار مسبقاً أسماء أولادنا الذين هم في ظهر الغيب، ومداعباتها التي لا أستطيع

نسيانها: أريد أن أملأ الكون أطفالاً منك يشبهونك، وأقول: لا بل يشبهونكِ أنتِ أجمل..

وأيضاً أحرق أوراقاً لانحرافات أحد الزملاء الذي كان إيذاء من حوله يمثل متعة كبرى له، وذلك لإدانته إذا لزم الأمر.. وكذا أوراق سطرت فيها حماقات ندمت على ارتكابها؛ وما سطرتها كي أدين نفسي ولكن لتكون رادعاً لي بأن لا أكررها إذا ما ضعفت نفسي في أمر ما، فكنت أحاول جاهداً أن أكون مثالياً في حياتي، حتى لا تقع تلك الأوراق في يدي أحد الحاقدين الكارهين لي بعد موتي من عائلتي الكبيرة، أو حتى زوجتي إذا ما عارضتها بناتي في رغبة لها، وذكرنني بخير فتكون بمثابة تشويه لي أمامهن يبيح لها ما تريد دون معارضتهن.

أو مفاجأة غير سارة يحزن لرؤيتها أهل بيتي أو يعيّرون بها؛ إذا ما اكتشفها غيرهم ولو بطريق الصدفة، فالصدفة لا قانون لها حتى يمكن أن نتحاشاها.. كما حدث مع بائع «الروبابيكيا» ومؤلفات وأسرار أستاذي التي كانت متاحة لمن يشتري من المارّة في الشارع.

وقد يرى البعض أن ما أكتبه على صفحات «التواصل» لا يليق إلا بشاب مراهق مستهتر، رغم ادعائي _كما سيقولون وقتها_ العقل والحكمة.. حتى إذا ما وافتني المنية أذهب عن الدنيا ولا يوجد خلفي ما يحزن أحبائي أو يفرح من

كرهوا وجودي بالتندر عليه.. فلماذا أحرص على بقاء ما لا فائدة منه لغيري بعد رحيلي عنهم؟!

تمنيت مثل أستاذي الذي رحل مبكراً أن يخبرني الموت قبل نزع روحي بعدة ساعات فقط، ولكن هيهات أن تتحقق مثل تلك الأمنيات.

قفز داخلي سؤال كانت إجابته مريرة: ماذا لو امتد بي العمر بعدما فعلت ما أفكر فيه وأخاف منه؟ سأعيش في عزلة كبيرة خانقة أغلق فيها على نفسي باب الحياة، بعيداً عن أسباب التطور وما أراه رسالتي التي خلقني اللّه لأدائها في الحياة؛ إطفاء نار الجهل بماء العلم الصحيح والتحريض على أسباب التنوير والرقي..لن يسمح لي المحبون بمواصلة عزلتي الغريبة في انتظار الموت فليس ذلك من المنطق السليم، وسيمتدحني عليها غيرهم وسيصفونني بالزاهد الورع مثل كبار المفكرين والفلاسفة كيلا تذكّرهم رؤيتي بتفاهة أفكارهم، سأعيش الجحيم الأرضيَّ بإرادتي؟..ستكون أسرتي ضحية هواجسي وربما كان مستقري أحد المشافي العقلية.

***

في عزاء «فينسنت فان جوخ»

بينما كانت جثة الفنان التشكيليّ «فينسنت فان» لليوم الخامس طريحة أرض الحديقة؛ بعد أن صوب فوهة بندقيته داخل أذنه وضغط بسبابته على زنادها.. كان كهنة الوقت يختلفون في شأن التصرف فيها، قال أشدهم عتياً وغلظة بعد أن رفع بأصابعه القصيرة رموش عينيه الطويلة المبعثرة المتشابكة لشدة قاذوراتها؛ ليتمكن من رؤية من يخاطبهم ويبصق على الجثة: علقوه في أعلى أشجار الغابة من قدميه كما تفعل «داعش في قتلاها»..

بعد تأمل ساده صمت قليل قال: عجيب أمر هذا القاتل لنفسه! فإن جثته رغم يومها الخامس لا رائحة كريهة لها مثل الموتى العاديين، بل يفوح منها ما يشبه رائحة الياسمين! أخشى أن يفتن ذلك العامة والدهماء والجهلاء ويظنوه قديساً.. اسكبوا عليه الروائح المنتنة الكريهة حتى ينفر الناس منه ويصفونه بالفاسق.

قال من مسح على وجهه مسوح رحمة وشفقة؛ شارحاً حكمة الغليظ ذو الرموش المتشابكة مما علق بها من قاذورات: لتتدلى جثته طعاماً للغربان والبوم والعقبان من طيور معبدنا المقدس، والقطط السوداء التي يشرب دماءها عبدة الشيطان.

قال قصير القامة أحدب الظهر، الموسوم وسطهم بالذكاء والحنكة: «لا دفن لمن قتل نفسه، ولا عزاء».. هكذا ألهمنا المعبود نحن حراس شريعته، الرأي أن يترك هكذا حتى يذوب مثل ماء النار؛ بعدها ستبتلعه شقوق الأرض و ستنبت شجرة الجحيم من ماء جسده المأفون.. فنشعل فيها النار.. هكذا قال السفر التاسع بعد الألف الأول من أسفار المعبود

بعد وقت جاء خازن أسرار المعبود وكان أطولهم قامة وقد قلوظ قلنسوته الملونة التي تشبه مهرج السيرك؛ وأخرج من تكّة سرواله مطويّة قديمة من جلد حيوان نافق وفرشها على الأرض، فإذا هي مليئة بالنقوش والأشكال الهندسة الغريبة ورسومات لثعابين وخفافيش ودود الأرض، وأشار إلى أحد النقوش المزركشة بألوان باهتة، وقال: هذا نقش الأسرار الخاص بقاتل نفسه.. ومعناه كما ألهمني المعبود: «من قتل نفسه في حديقة المعبود؛ فقد فعل ما تفعله دواعش الأزمان المتكررة بغير المؤمنين بهم.. فاجلدوه ألف سوط، وبولوا عليه أبوالاً كثيرة، ونادوا في العامة والدهماء ليلعقوه ويلعنوه ويشكروا المعبود أن خلصهم من شروره؛

فلو طال بمثل هؤلاء الأجل لجدبت الأرض وعقرت النساء وعقم الرجال وحل الخراب الكبير، فإن تأففوا اقتلوهم فذا حق المعبود حتى لا يحل غضبه علينا فنهلك».

بينما كهنة الوقت يتشاورون في كيفية التنكيل بجثة من لا يروق لهم فعله وجدوا ورقة أسفل ذراع «فينسنت فان جوخ»؛ التقطها أحدهم وجعلوا يمررونها فيما بينهم ليعرفوا ما بها، فكانت الصفعة غير المقصودة لجهلهم، كلهم لا يعرفون القراءة والكتابة.

صرخ كبيرهم: أحضروا من يفك طلاسم الورقة فنحن كهان اليوم قديسو الغد لا يليق بنا أن نقرأ كلمات الفسّاق المنتحرين، وإنما واحد من الدهماء يعرف القراءة اللعينة.

قال من جاء ليقرأ الورقة: إنها بعض كلمات حكيمة للفنان فينسنت فان.

صرخ كبيرهم ثانية موبخاً القارئ: تقول كلمات حكيمة أيّها الأبله؟ وهل يكتب الدهماء والعصاة الحكمة؟ الحكمة ما نقوله نحن حراس شريعة المعبود، وأمر بجلده ألف جلدة واستدعاء غيره، لكن الرجل رغم قسوة الجلد لم يتأوه أو يئن، كما فعل الحسين بن منصور الحلاج في بغداد حين أمر الخليفة العباسي المقتدر بناءً على ماحكم به قضاته قائلاً: إننا نتنازل عن حقنا في تأليبه للعامة والدهماء علينا، لكنا لا نملك أن نتنازل عن حق اللّه فيسحقنا غضبه؛ أن

نترك زنديقاً يهذي بكلمات الإلحاد والكفر البيّن، فليجلد ألف سوط، ثم يصلب وتقطع يديه ورجليه وتجز رأسه ويطوف بها الفرسان على أسنة الرماح في البلاد ليرتدع من يقول بمثل قوله، ثم تحرق جثته وينثر رمادها من أعلى المئذنة المطلة على نهر دجلة.

قال مرتعشاً مرتعباً من جاء ليقرأ كلمات «فينسنت فان» بينما الجلاد يمارس قسوته على ظهر صاحبه: هي فقرات غير منتظمة قال في إحداها «إنني أحاول جاهداً أن أكون نفسي، ولا يهمني كثيراً هل سيقبل الناس أم سيرفضون ذلك».

وقال في غيرها: «لوحاتي لا يشتريها أحدٌ الآن وأنا لست مسؤولاً عن ذلك، وسيأتي يوم ويكتشف الناس أن هذه اللوحات أغلى من حياتي فأنا أرسم للمستقبل».

قهقه كبيرهم فقهقهوا، وقال: ما هذا الخرف والكفر بالمعبود؟ يرسم للمستقبل والمستقبل لا يعلمه إلا المعبود، يا له من فاجر!

...

بعد مرور عصور عديدة من تراكم الظلام الكثيف الذي أحاط بالغابة، وغلّف الرؤوس صقيعٌ جمدها مثل كتل حجرية، ظهرت كوة صغيرة نفذ منها شعاع دفء، بعدها جعلت الكوة تتسع والشعاع ينتشر تارة وتارات يختفي؛ ليعود الصقيع يجمّد الرؤوس كقطع حجرية، رآه الناس

في مناطق عدة فوق خريطة هيروشيما وبورما وفلسطين والعراق وسوريا واليمن الذي كان يوصف بالسعيد، واكتفوا بأن جحظت عيونهم دهشة، القليل منهم استنكر في العلن وباركه في الخفاء خشية أن تغضب الرؤوس الحجرية.

...

ذات «ليلة مرصعة بالنجوم» انفتحت أرض الغابة عن سرادق كبير أزرق اللون للعزاء أذهل العالم، زاد عدد المعزين فيه عن مئات ملايين «فينسنت فان».. صرخ أحدهم في مكبرات الصوت التي هزت قوتها أشجار الغابة والغابات المجاورة، فجاءت الطيور من أعشاشها لترفرف فوق سرادق العزاء: أيُّها الأغبياء الراقدة عظامكم الدنسة الآن في جوف الأرض تحت أقدامنا، «فينسنت فان» لم يقتل نفسه، ولم يقذف في رأسه القنابل النووية، إذ كيف يكره الحياة من يعشقها؟!

كان غباء عقولكم يدور مثل دوامة حمقاء في أذنه الوسطى، فيدور رغماً عنه لشدة دوران حماقتكم.. ولكن من كانوا يدّعون الحكمة والطب وعلم الغيب منكم قالوا: مجنون يعبث الجنُّ برأسه فليعزل عن الناس، وليضرب على أم رأسه بقوة حتى ينسى هواجسه و تهجره الجنُّ والشياطين..

ولمَّا ضاقت أفهامكم عن معرفة ما يريد قطع أذنه؛ من شدة الدوار لتكفوا عن ممارسة الغباء والتلذذ بالصقيع الذي

جعل عقولكم قطعاً حجرية، ولكن الظلام تراكم حتى أطبق على كل شيء، واشتد دوار جهلكم برأسه، فوجه فوهة بندقية الصيد التي كانت معه داخل أذنه ليوقف الدوار العنيد؛ ويحاول فتح كوة ينفذ منها النهار ودفء الشمس ليذيب صقيع عقولكم.

ارتفعت الأكفّ بالتصفيق والهتاف: يحيا «فينسنت فان» فاتح كوّة النهار وجالب دفء الشمس، وليذهب عشاق الظلام إلى ظلمات الجحيم.

بينما كانت الأصوات تهتف بحياته التي فقدت جسدها منذ أزمان الظلام البعيدة، نبتت من ماء جثته التي شربتها أرض الحديقة «زهور الخشخاش» الملونة، وتحمس بعض وجهاء زمن الشمس الجديد فصنعوا أذناً كبيرة جداً تخليداً لأذن «فينسنت» المقطوعة، وجعلوا لها متحفاً وسط المدينة يضم لوحاته المبهرة التي يتوافد عليه الناس لرؤيتها، وبجوارها وضعوا زهور الخشخاش» و»فروع شجرة اللوز المزهرة» ومن عجب فإنها لا تذبل ولا تجف.. ومنهم من أقام معملاً كبيراً لعلماء الطب لعلاج دوار الرؤوس المخيف، حتى لا تعود أدمغة الظلام الحجرية للتحكم في مصائر البشر.

...

كانت الصدفة وحدها وراء حضوري هذا العزاء الغريب، اعتصرني الحزن لطريقة الموت الجسدي القاسي لهذا الرجل

المتميز، وهتفت في نفسي: «معذرة فينسنت فان جوخ»، ظنوك مجنوناً تعشش الجنُّ والشياطين في رأسك، وأشاعوا عنك كذباً أنك قد قطعت أذنك قرباناً لها؛ حين تعرت سوءة جهلهم.

اقترب مني حثيثاً؛ ربت فوق كتفي برفق وهمس في أذني: لكل عصر شهداء يزيحون جليد العقول الحجرية، يرفعون قدر جهدهم ستار الظلام السميك مثل أسفلت الطرق السريعة؛ ليتنفس النهار وتشرق الشمس، إذا استطعت أن تكون منهم فافعل فهو من أعظم الأعمال ولا تأبه لرحيل جسدك فالشهداء لا يموتون.

***

تدوير الصّدقة

زيارة الحسين ميراث قديم؛ مذ كنت طفلاً صغيراً، أتشبث في كف جدي؛ شيخ الطريقة الصوفية في بلدتنا البعيدة. لن أقول المحب، المتيم، العاشق لآل البيت، فذا تفصيل لا لزوم له.. فكل أهل التصوف محبون، متيمون، عاشقون.

أُشْرِبت عشقهم، فتربع في قلبٍ صغيرٍ؛ ملأ صندوقه الخالي من كدر الحياة، فتمكن فيه.. كما قال شيخ المحبين، قيس:

أتاني هواها قبل أن أعرف الهوى

فصادف قلباً خالياً فتمكنا

كان يعجبني مشهد أهل النفحات؛ المتصدقين الذين يوزعون أرغفة العيش المحشو باللحم على الجالسين حول المسجد.. كان سرُّ إعجابي أن أهل النفحات هم من كانوا يدورون على الناس، وكأنهم يرجونهم قبولها حباً في الحسين

وجدِّ الحسين.. بينما الفقراء جالسين في أماكنهم! ما جعلني رغم حداثة سني أقول: كل فقير غني ما لم يطلب.

ربما سمعتها من جدي أو أحد الدراويش في مجالسهم الطيبة.. ربما. كانت شمس بهجتي تشرق عندما أرى الرجل المهيب الهيئة، الأنيق الملبس ينحني ودوداً مبتسماً، وكذا السيدة الوقور، وهم يمدون أيديهم بالأرغفة للجالسين حول المسجد قائلين: «صلِّ على النبي»؟

كأنهم يرجونهم عدم الرفض حتى لو كانوا غير جوعى، وسيطعمون به القطط التي تتقافز حولهم؛ شبعانة، ريانة، يلمع شعرها ببريق العافية والدفء.

أخبرت جدي بتفاصيل ما أثلج صدري، فنهاني بشدة أن آخذ شيئاً من تلك الصدقات، ثم نظر نحوي مبتسماً وقال: من أفضل الأعمال لقمة في بطن جائع، فابحث عنهم في البيوت الفقيرة؟.

نظرت إليه لأفهم ما يقصد، مسح على رأسي مبتسماً وكأنه يقول: لا تسأل عما استغلق عليك فهمه حتى ترى!. فكنت أدهش متسائلاً: أي بيوت فقيرة هذه التي سأبحث عنها؟! بل اتهمته في نفسي بالبخل، رغم كرمه الشديد الذي أراه!

بعد انتقاله بوقت غير قصير _فأهل الطريق لا يقولون «مات».. بل انتقل_ شدني الشوق إلى زيارة صاحب الباب

الأخضر، ذهبت مع الذاهبين في ليلة مولده. هناك في الساحة الكبيرة سمعت صوت جدي جلياً، رأيته يحدث أحد الناس، ناديته بأقصى طبقات صوتي وأنا أهرول إليه مجنون بفرحتي، لكنه لم يلتفت، لم يرد، وما كدت أصل إليه، ألمسه حتى ذاب في الزحام.

خشيت أن تتمكن مني الهلاوس البصرية والسمعية كما حذَّر الأطباء النفسيون عندما ذهبوا بي إليهم، فانقطعت عن الزيارة.

بعد سنوات من الجفاف، لا أدري كيف جذبتني جذبة الشوق، فذهبت إلى الحسين، هالني ما حدث من تغيير في المكان، المحال السياحية ارتفعت أسعارها بشكل كبير، كذا الأماكن الشعبية في شارع الباب الأخضر الملاصق للضريح ومدخل زيارة السيدات وتجمعات الفقراء والزائرين، حتى مقهى المديح النبوي والغناء خلف المسجد دخَلَتها فِقرة لرقص النساء وإن كن في أسمال واثمال الدراويش.

رغم كثرة عدد الزوار في غير المولد لم أجد الأنس الذي كنت أطير فيه بجناحي طفل أخضر القلب. ما أيقظ تساؤلاتي وأشعل دهشتي ليس ما لاحظته من قلة أهل الصدقات فقط، وإنما تكالب الناس على الذي يأتي من موزعي النفحات، فما أن يفتح أحدهم حقيبة سيارته حتى ينقض عليها الخلائق كالنسور الجارحة، فيطرح ما معه أرضاً بشكل عشوائي خشية

على سلامة السيارة من التلفيات أو على نفسه من السرقات؛ فقد اشتكى البعض من تلك النقيصة عدة مرات.

حين تراءت لي الصورة القديمة، هتفت نفسي: رحم اللّه أهل العفاف؛ من لا يقتل الجوع حياءهم.. وكأني بمئذنة الحسين تهمس في أذني: كاد الفقر أن يكون كفراً.

رأيت شابين مفتولي العضلات أشبه ما يكونان بالمصارعين، استوليا على قسط وافر من أرغفة اللحم والفول النابت، وهم يضحكون فرحين كمن فاز بميدالية ذهبية في حلبات المصارعة العالمية! قال أحدهم للآخر: أقسم برأس مولانا الحسين، هذه النفحات «غسيل أموال»!

عندما سألت من أين لهم الخبرة بهذا المصطلح الغريب الجديد «غسيل أموال»، قالوا فيما معناه أنهم لصوص كبار، ممن يقول الناس عنهم «عِلية القوم».

قال أحد الشابين لصاحبه: معي شريط «أبو صليبة» مطلوب فيه عشرة أرغفة باللحم وليس الفول النابت، ما رأيك؟

ضحك الآخر ساخراً: أتراني مغفلاً يا بن الهَرِمة؟.. صيدلية الدكتور برشامة تبيع الشريط؛ عشرة أقراص كاملة بما يساوى ثلاثة أرغفة.. ما رأيك يا صاحبي؟

قال الآخر: زوج أختي يعمل مسعفاً في مستشفى حكومي للأمراض النفسية، ولديه مخزن مخدرات، يبيع للشباب أرخص من صاحبك الدكتور برشامة.

بكل تأكيد قد سرقها من علاجات المرضى، أليس كذلك؟

أما زلت تؤمن بخرافات الحلال والحرام في زمن الجوع؟

صدقت، الجوع جند من جنود الشيطان.

سأعطيه ثلاثة أرغفة له ولأختي وابنتهما لوجبة العشاء، وأحصل منه على ما يجعل جمجمتي تسافر عند النجوم، إلى الرفيق الأعلى طوال الليل وحتى عصر الغد.. ثم تعود للحصول عـى رزقها من النفحات.

لا تتأخر في نومك لما بعد العصر كعادتك السيئة؛ حتى لا يستولي أولاد الأبالسة على النفحات قبلنا؟

لا تتأخر أنت يا صاحبي، وإلا لن نجد أمامنا إلا سرقة أحذية المصلين في المسجد.

...

للمرة الأولى التي أشعر فيها بطول السفر وإرهاقه، حقاً الحزن يجعل اليَسير عسيراً! شكوت لشيخ الطريقة الجديد وسألته: كيف يسمح مولانا الإمام الحسين بمثل هذا العبث حول مسجده، وفي ساحته، وأمام مرقده؟!

ربت الرجل على صدري جهة القلب، ربما ليبث الطمأنينة فيه، وابتسم قائلاً: هذا شأن رب الحسين يا ولدي.. له الحكم والحكمة التي لا نراها.

الحق يقال، مكثت سنوات أكتفي بذكر الحسين وجده المصطفى في الصلاة عليهما دون شدّ الرحال لزيارة المسجد

ذات يوم سألني البعض وكأنني صاحب رأي أو دراية بكل كبيرة وصغيرة في دنيا الدراويش والمتصوفة.. ما حقيقة الذي يحدث في مسجد مولانا من تجديدات شاملة طالت مقصورة الضريح والباب الأخضر؟

انقطعت القطيعة في نفسي، وجدتني كالمسحور أقرر الذهاب على الفور إلى القاهرة المحروسة بآل البيت الكرام _كما يقول مشايخنا_؛ رأيت الساحة والميدان يعج بخلق كثير، أكثرهن نساء.. عكس الزيارات السابقة كانت الغلبة في العدد للرجال.

رأيت الحواجز والسقالات الحديدية منتشرة في داخل المسجد وحوله، منها مؤقتة لظروف التجديدات وأخرى دائمة لدواع أمنية. النساء يفترشن الملاءات والحصير البلاستيكي القديم على رصيف حديقة الميدان وحول المسجد، ونصبات الشاي والقهوة العشوائية المقامة على أقفاص الجريد والصفيح منتشرة وسط تلك التجمعات.

لم يقع بصري على صاحب صدقة واحد، رغم كثرة من يوحي مشهدهم بالفقر والجوع! قلت: ربما يأتون في وقت آخر لظروف التجديدات التي تشمل خارج المسجد وداخله وصعوبة دخول السيارات إلى المكان.. فاجأني ملمح جديد ونشاط غريب، ما أن يظهر زائر يبدو في هيئته بحبوحة العيش حتى يتسابق إليه بعض الشباب في يد كل واحد

كيس كبير من البلاستيك الشفاف يمتلئ بأرغفة الخبز الأسمر، يعرض عليه الشاب بإلحاح شديد أن يوزع بالنيابة عنه رغفان العيش الحاف هذه على المساكين المحتاجين لها، صدقة منه ونفحة في رحاب مولانا الإمام..

يقسم الشاب اللزج وكلهم لزجون: «ورأس مولانا وليّ النعم، إن ثواب توزيع هذا العيش الحاف عند الله كبير، وسيكون سبباً لدخولك الجنة يا سيدنا الباشا، و....و.....و....ولا يبرح حتى يلين «سيدنا الباشا أو سيدتنا الهانم».. أما الفريسة السهلة فهي أن يكون في صحبة الباشا أنثى، سواء كانت الزوجة، الحبيبة، أو الخطيبة!

عندما ينجح الشاب اللزج في تخدير فريسته؛ الذي يتصدق مرغماً على الفقراء، الذين يعرفهم الشاب فليس كل من في الميدان وحول المسجد فقراء يستحقون الخبز الحاف ــ على حد قوله ــ وليس من مقام الباشا العالي أن يوزع بنفسه أرغفة فارغة من اللحم أو الفول النابت، أو يلوث ملابسه الأنيقة بالردة التي تلتصق برغفان الخبز البلدي..

يدفع «المتصدق رغم أنفه» المطلوب دون مساومة في السعر أو معرفة عدد الأرغفة؛ إنها نفحة وصدقة باسم آل البيت كلهم: وخصوصاً الإمام الحسين وجده المصطفى صلى الله عليه وسلم؛ كما يردد الشاب الذي يعقب مبحلقاً في عيني الفريسة: كتب اللّه لنا زيارة مسجده الطاهر وأكون خادمك هناك أيضاً.

وإذا سأل المتصدق عن جودة الخبز حتى يليق بالصدقة، قال اللزج بثقة العالم العارف: يا باشا، إن اللّه طيب ولا يقبل إلا الطيب.. أنا المسؤول أمامه سبحانه عن ذلك، كن مطمئناً

يتعهد الشاب بتوريع الرغفان على اليتامى والأرامل والمعوزين والمعدمين، فهو يعرف كل من بالمكان.. بسرعة عجيبة يترك المتصدق بعد أن يتقاضى منه ما يقنع به، ثم يقوم بتوزيع أرغفة الخبز، كل خمسة على امرأة يعرفها أو رجل مسكين، وسط أصوات عالية مستكينة وألسنة تلهج بالشكر والدعاء لصاحب النفحة أو صاحبتها..

يشير الشاب بالكيس البلاستيك الفارغ نحو المتصدق علامة إتمام المهمة ، ثم يرفع إصبعه نحو السماء وكأنه يدعو له بالخيرات كلها.. بينما الباشا المتصدق بالأرغفة الحاف تلعب بوجدانه حالة من الرضا والانسجام، ويطرب لكلمات الشكر ربما بغرور خفي.. ثم ينصرف منشرح الصدر والطوية.

في حركة سريعة يقوم الشاب بجمع أرغفة الخبز؛ نظيفة كما أخذوها، فهذا اتفاق بينهم وهو على كل حال عمل له أجره في آخر الليل.. ثم تبدأ رحلة مساومة جديدة مع متصدق جديد رغم أنفه!

***

مولانا «أبو العصافير»

الصيف هذا العام مجنون الحرارة؛ تتتابع موجاته الشديدة بلا انقطاع.. يسيح الإسفلت تحت أحذية المشاة وتنفذ السخونة الحارقة إلى عظام الحفاة، وكأنه أخذ من ليونة حلوى الملبن المسمومة قسوته.

أجسام البسطاء في الشارع أذبلها الفقد السريع لما بها من مياه، ورغم تطرف الطقس هذا العام، جعلوا يتفاكهون بما يشبه الضحك بشفاه شققها العطش، يشَبّهونه بجماعات الإرهاب أو نار الجحيم: ترى هل سيعذبنا الرحمن الرحيم مرتين؟!

أحْزَنه أن رأى عصافير كثيرة نافقة، تحت ظل الشجر الحارق، قال في نفسه: إنه العطش لامحالة، قرر أن يفعل شيئاً، لكن ماذا أفعل؟! قالها لنفسه وقد قفزت إلى رأسه مقولة الصوفي الغريب «أويس القرني»: «أعتذر إليك ربي عن كل بطن جائع وكل فم ظامئ».

بعد تفكير اهتدى إلى أن يضع لهم آنية ملأى بالماء، ربما أنقذت بعض العصافير من الهلاك المحتوم، وذلك على حافة سور السطح الذي تقع به غرفته البسيطة التي استأجرها منذ استلامه وظيفته، وكان يرى في فراغ السطح أمامها جنة الفردوس، يسهر وقتاً من الليل متأملاً إبداع الخالق في قبة السماء، يفرد سجادة الصلاة كصوفي يصلي ركعات بلذة روحية لا شاطئ لبحرها، وينام سريعاً كطفل هادئ.

كثيراً ما تتجلى في مثل هذه الحالة هيئة والده وكلماته، فقد كان يراه ينهض لصلاة الفجر نشيطاً، وهو يقول: لصلاة الفجر سحرٌ لا تعادله كنوز الدنيا. يذهب إلى المسجد في برد طوبه القارص سعيداً مسحوراً وكأنه على موعد غرامي مثير، وكان دائماً ما يقول: الصلاة هي القدمان التي تخطو بهما إلى الجنة، وقد يتحولا إلى جناحين تطير بهما إلى الفردوس الأعلى، والوضوء نور يضيء لصاحبه الظلمات. فيتمتم: رحمك اللّه يا أبي فكم كنت عظيماً في إيمانك.

مع كرور أيام الموجات عنيفة الحرارة، كانت سعادته بالغة وهو يراقب زقزقة العصافير من ثقوب النافذة، رغم لهيب هوائها الذى يؤلم العين، وهي ترقص بجناحيها فرِحة حول الماء، وهديل اليمام الذى قال عنه الأجداد أنه يدعونا لتوحيد اللـه: "كوكو.. كوكو.. وحدوا ربكو" وعَبِيب الحمام وهو يشرب الماء.

كان عبداللّـه المحمود، الموظف البسيط بوزارة الأوقاف في نظر زملائه رجل هبط عليهم من زمن بعيد؛ ينادونه لطيبته المفرطة ووداعته وحالة الرضا والتسامح التي لا يستطيعها سواه بالشيخ عبداللّـه.

يجعل في راتبه الشهري المتواضع نصيباً يراه حق الفقراء والمعدمين والعاجزين عن العمل، وكان لا يقبل الرشوة رغم كثرتها وتفشيها وعلانيتها وكأنها حق معلوم لآخذيها؛ فكان بعض زملائه يراه مجنوناً.. إذ كيف يعيش بهذا الراتب الهزيل؟ والبعض يخمن بأنه يعتمد على ميراثه من والده ويحدثونه في ذلك، فكان لا يبوح بشيء سوى الابتسام هامساً لنفسه: «احتمال رذائل الناس عبادة لرب الناس».

وكان يراهم موتى يُسألون أمام اللّـه عن هذه الرشاوى التي يفرحون بها، وينفقونها على تلبية حاجيات أولادهم.. ولا يستغرب ما يشكوه البعض من جحود وانحراف الأبناء فالسبب واضح وهو سوء المطعم.

علق خلف مكتبه لافتة من الزمن القديم تقول: «القناعة كنز لا يفنى».. وإلى جوارها أخرى تقول: «قضاء حوائج الناس صلاة» فهاج عليه أحد الزملاء السلفيين واتهمه بالزندقة والضلال؛ وأنه يحارب الصلاة فرض اللّـه على عباده؛ أثناء العمل وهذا كُفْر صريح. بهدوئه الشديد غيرها إلى أخرى تقول: «قضاء حوائج الناس عبادة لرب الناس».

وكان السلفي كلما مرَّ أمام اللوحة نظر إليها بفخر وزهو المنتصر، وقال منتفخاً بعد أن يمسح على لحيته التي تغطي صدره، وكأنه عائد لتوه من غزوة ضد أهل الضلال: «من رأى منكم منكراً فليغيره».

كان عبداللّـه المحمود يبتسم دون تعقيب، وقد يضحك بعض الموظفين هازئاً: وقد غَيّرتَهُ يا شيخ أبو الفداء الأثري فلك الجنّة.

ويسخر آخر: يدخل أبو الفداء الجنّة في تغيير لوحة، ويهزل ثالث: يأتي الشيخ الأثري يوم القيامة، يحمل لواء لوحة عبداللّـه المحمود، يقول: أنا غَيَّرتها، فيخش الجنة!

في مرات عديدة كانت تشتعل المشاجرات، بين الأثري وبعض الموظفين «أعداء اللّـه و حطب جهنم» _على حد وصفه_ عندما يختلف معهم في تفسير آية أو حديث نبوي

الغريب حد الدهشة أنه كان يتعاطى الرشوة مثلهم، وإن كانوا يسمونها «الدخان»، كان يسميها «الشاي» لأن التدخين حرام شرعاً، وعندما أخذ عليه بعضهم ذلك، قال: إن مفتي الديار قد أحلَّها، مادام دافعها يطلب حقه هو، وليس حقاً لغيره. وكان في أحايين كثيرة ينعت بعض فتاوى مفتي الديار بالكفر والضلال، وخاصة ما تتعرض لتنظيم النسل وعمل المرأة وفوائد البنوك. وكان عبد اللّـه المحمود يراقبهم دون تدخل في النقاش وإذا سأله أحدهم عن رأيه فيما يختلفون

فيه، يقول مبتسماً: اللّـه أعلى وأعلم. يراهم جميعاً موتى في أكفانهم ويهمس لنفسه الآية من سورة الكهف «وتحسبهم أيقاظاً وهم رقود».

نبتت في قلب عبداللّـه فكرة أن يضع إلى جوار الماء بعض حبوب القمح أو الشعير أو الذرة الشامية كطعام للعصافير، هشَّ للفكرة جداً وقال محدثاً نفسه: هي صدقة لا مراء في ذلك، وليس فيها نفاق ولا زيف، لكن المشكلة في جنون الأسعار، والحال ر قيق والراتب الحكومي يكفي بالكاد، بعد أن يأخذ الفقراء حقهم، الذي وفقني الكريم لفرضه على نفسي، ولكن ماذا أفعل لتحقق هذا الحلم؟

استدعى حديث العصافير أياماً يذكرها بالحبّ والحنين، عندما كان صغيراً ويذهب إلى الحقل مع والده، أغمض عينيه وجذبته الذكريات إلى الماضي عشرات السنين: كان والدي _رحمه اللّـه_ أول من فعل ذلك، فقد كان يرفض أن يصنع «زوالة خيال الحقل» مثل باقي الفلاحين، لإخافة العصافير وصيور الغيطان وما أكثرها، وكان يعيب عليه الناس ذلك، ويقولون لن تجد ما تحصده يا أبا عبداللّـه، فالطيور لاعقل لها، فكان يردد كلمات المصطفى: «من زرع زرعاً أو غرس غرساً فأكل منه طير أو إنسان أو بهيمة إلا كان له به صدقه»، ويتمتم: سيكون حصادي كبير يوم يشح الحصاد. فكانوا ينظرون إليه نظرة العاقل للمجنون، رغم استشارتهم

له في أدق شؤون الزراعة، وكانوا عندما يرونه قادماً يقولون:
جاء أبو العصافير!

ولكن عبداللّه سريعاً ما كان يندم ويستغفر، ويطلب
الصفح مما فعله مع والده وهو صبي، فقد كان يميل إلى
كلام الناس ويذهب ليلاً إلى الغيط، يرشق «زوالة خيال
الحقل» وسط الزرع ليخيف العصافير، وهو يقول لنفسه:
وهل نجد ما نأكله حتى نطعم العصافير؟! كم أنت مجنون يا
أبي، من خلقها يرزقها!

ضاق أبوه بصنيعه وكلمه لينهاه عن طيشه، وضرورة ألا
يعطي أذنيه لكلام الناس في ذلك.

لاتكن جاحداً يا ولدي، كن رقيق القلب لكل خلق اللّه،
يرضى عنك ويرزقك من حيث لا تحتسب.

هل أنت خالق العصافير وطيور الحقل يا أبي؟!

استغفر ربك يا ولدي، خلقها اللّه الذي خلق كل شيء.

إذن يرزقها من خلقها.

ولكنه سبحانه أمرنا بفعل الخير.

وهل قال لك: أطعم العصافير يا أبا عبداللّه؟!

ما بك يا ولدي، لا تسمح للشيطان أن يسكن رأسك؟ ثم
ربت على كتفه واحتضنه بحنان وقال له: في كل ذي كبد

رطب صدقة. هذا كلام الرسول الكريم وليس كلامي، وعندما تكبر ستعرف المعنى الحقيقي لهذا الكلام، وأوصيك إذا عِلمته أن تعمل به.

ولكن يا أبي الحال ضيق كما تعلم، وأرضنا الزراعية محدودة

ألا ترى أن الآفات الزراعية قد تقضي على المحاصيل في بعض المواسم؟

نعم يحدث ذلك.

وهل جعتم، أو بتم في ليلة من الليالي دون طعام؟

لا أذكر ذلك أبداً.

إذن اشكر الرازق الوهاب، ولا تفعل ما تفعله مرة أخرى حتى لا أغضب عليك.

...

فجأة وهو هائمٌ في ذكرياته مع أبيه، هجم عليه الحزن كالوحش الضاري، وضرب بكف يده على جبهته، فقد نسي أو أنساه الشيطان وصية والده وهو على فراش لقاء ربه، أن لا يقطع العادة السنوية التي كان يفعلها تلبية لوصية أحد الصالحين في رؤيا منامية رآها، وهي إرسال سبعة كيلوات من القمح مع أي رجل ذاهب إلى حج بيت الله وزيارة رسوله الكريم، نصفها لطيور البيت الحرام والنصف الثاني لطيور الحرم النبوي.

ساعتها استأذن من عمله وذهب إلى قبر والده، أغرقت الدموع تضاريس وجهه وهو يطلب منه الصفح والسماح، فالمرض الذي ألم به ومكث على أثره في المشفى عدة أشهر، بعد أن أصيب في حادث سيارة انقلبت بركابها وهو منهم، كان له الأثر السيئ على صحته، أنساه الانتظام في تحقيق الوصية، وتعهد له بعودتها.

...

راودته فكرة التنازل عن وجبة الطعام الأسبوعية الدسمة، من الأسماك أو اللحم التي قررها لنفسه، ليجعلها كل أسبوعين أو ثلاثة. وهمس لنفسه: من الرفاهية غير المقبولة والحال هكذا أن أتناول كل أسبوع وجبة طعام دسمة، طوبى للنفس النباتية التي تلتقط الحب مثل طيور السماء، لا النفس السبعية التي تلتهم اللحوم مثل سباع الغابات!

رقص طرباً وتمايل بذراعين مفرودتين على امتدادهما، مقلداً بهجة عصافيره وهي ترفرف بجناحيها، أن ألهمه الله تلك الفكرة، سجد شاكراً أن منحه ربه ميزة العطاء، وهمس في نفسه: للعطاء لذة تفوق لذة الأخذ لو يعلمون، فإن المعطي اسم من أسماء الكريم، فما أجمل أن نتخلق بأخلاق خالقنا، كما أوصانا أهل الصلاح والتقوى.

كانت نفسه تضيق حين يهجم حمام «الغِيَّة الخشبية» بالسطح المقابل لمسكنه على مائدته العصفورية، فلها

صاحبها الذي يتعهدها بالرعاية، فما الداعي للدَّغرة وأَخْذ الشَّيء اختلاساً، والأكل على كل الموائد، فهذا جهد المقل لإطعام العصافير واليمام، ولكنه كان يتقبلها على مضض، ففي هشِّها تخويف للجميع، وانصراف عن مائدته، خطر بباله أن يكلم صاحب الحمام ليحبسها، ولكنه تراجع حين تراءى له وجه أبيه وهو يقول له عن طيور الحقل: في كل ذي كبدٍ رطبٍ صدقة.

...

عندما لاحظ صاحب الحمام تزاحمه على المائدة العصفورية. جن جنونه واشتعل غيظاً، وأيقن بما لا يدعو للشك بأن هذه حيلة خبيثة، لاصطياد الحمام وذبحه وأكله أو بيعه، وقرر معاقبته بشكل يجعله يتوب عن هذا العمل الشيطاني، ويقلع عن هذه الأفكار الإبليسية! فكر في بادئ الأمر أن يذهب إلى قسم الشرطة للإبلاغ ضد هذا الملعون صائد الحمام، لكن بمشورة أصدقائه نصحوه باقتحام مسكنه وتحطيم كل ما به ونهبه، بعد التفتيش الدقيق إذا وجدوا حماماً مذبوحاً في ثلاجة طعامه.

وقال آخر: ساعتها يجب تحطيم عظامه، وتمزيق لحم جسمه الذي نبت من التهام لحم الحمام، ليعلم أن طريق الشيطان لا يأتي بخير، ومن يتبعه خاسر. وأقسم آخر أنه يعرف هذا 'النوع من البشر، وأن انحرافاتهم لا تقتصر على

صيد الحمام وإنما صيد النساء المنحرفات مثلهم، ليتناولوا معاً في سعادة مجانية أشهى الوجبات، وبعدها يدلهم إبليس عما يفعلونه من مساخر، بعد أن يفعل بهم لحم الحمام اللذيذ فعله. هاج صاحب الحمام وماج لهذه الكلمات الملتهبة، وأقسم أن يقتله وكأنه ضبطه متلبساً مع أمه.

طرقات عنيفة على باب المتهم بصيد الحمام، دخلوا الغرفة، أدهشتهم حالة البساطة الشديدة التي تقترب من الفقر، فتشوا كل شيء، قلبوا كل شيء، ظنهم من قوات الأمن لغلظة تعاملهم، وأن أحداً وشى به كذباً، فكلما سألهم عما يفعلونه زعقوا بوجهه: اخرس يا قذر؟! همس في نفسه مستسلماً: يفعل الله ما يريد.

لم يجدوا في ثلاجة الطعام القديمة الطراز جداً، سوى قطع من الجبن الأبيض، وحبات الطماطم، والفلفل الأخضر، والباذنجان الأسود، وأرغفة من الخبز الأسمر.

سألوه في غلظة: أين الحمام المذبوح والمطبوخ؟

قال مدهوشاً: أي حمام يا سادة؟! أنا لا آكله فهو غال الثمن، وليس في مقدوري شراءه.

قال أحدهم متهكماً: غال الثمن؟ وهل تدفع له ثمناً، سوى حبات القمح والشعير يا لص اللصوص؟

أخرسه الاتهام، وقال بعد أن ثبت جأشه: يعلم اللّه أن....

اخرس يا شيطان وهل مثلك يعرف اللّهَ، وقسماً باللّه الذي تتكلم عنه، لولا أنك كبير السن لحطمنا أسنانك التي تلتهم بها الحمام.

وكزه صاحب الحمام في صدره بغيظ، وقال آخر: دعه قد يموت في يديك فيُحسب علينا رجلاً، وأغرق أحدهم وجهه بكوب ماء وجده أمامه، ثم انصرفوا عازمين على تقديم شكوى ضده، عندما أخبر أحدهم أن له صديقاً يعمل في قسم الشرطة ولكنه «بلاعة»، فقال صاحب الحمام: يأخذ ما يريد حتى أحمي «غِيّةَ الحَمام» من اللصوص.

كعادته في كل ضائقة يطل وجه أبيه وكلماته العجيبة: اعلم يا ولدي، إذا سلط الله عليك رذائل خلقه فتلك منحة لا محنة، فلا تنظر إلى فِعل الخلائق معك على أنه فعلهم، ولكنها رسالة من الخالق إليك، ليمحصك وينقيك من الذنوب والخطايا ويقيم عليهم حُجة الظلم الذي نهانا عنه، ففتش في داخلك ونظف ثوب قلبك.

...

في قسم الشرطة سأله صديقهم «الأمين» ساخراً، وقد القموه ما يُشبع نَهمه الذي لا يشبع: كيف جاءتك تلك الفكرة الجهنمية، وأنت موظف بوزارة الأوقاف الإسلامية؟! وضغط على حروف كلمة الإسلامية وكأنه اتهام في عقيدته. وعندما أخبره بقصد ما يفعله وأنه لا يقبل على الإطلاق أكل الحرام،

تهكم هازئاً مقهقهاً: عصافير؟! عظيم عظيم جداً يا مولانا أبا العصافير، وفر كلماتك لتحقيق النيابة العامة معك، وما أرى قرارها إلا تحويلك إلى مستشفى الأمراض العقلية؟ ثم أمر بإيداعه الحجز مع المتهمين بالسرقة والاغتصاب والقتل وتسهيل الدعارة وغير ذلك حتى يتم العرض على النيابة.

رغم سوء ما ينتظره إلا أن كلمة رجل الشرطة له «يا أبا العصافير» جعلته يبتسم ابتسامة عريضة، وأحس بحالة من الرضا الغامر ترفرف على روحه، فهذا وصف الناس لأبيه، وأنه بذلك يحقق وصاياه التي توجب رضا اللّه، غير عابئ بما سيحدث!

ابتسم أمين الشرطة لصاحب «غيّة الحمام» وقال: لن أعرضه على النيابة إلا غداً وتلك مخالفة قانونية سأتحملها على عاتقي من أجلك أنت، بل وسيرى الليلة من أوباش الحجز ما لم يره في حياته من إهانات وإيذاءات بدنية، كل ذلك سيحدث بعد أن أذهب إلى بيتي فأراك قد أوصلت إليه قفصاً معتبراً من الحمام، أم تراك تريد أكله والتلذذ به وحدك يا بخيل؟! وأتبع ذلك بضحكة فجة.

بعد انصرافهم من قسم الشرطة ضاق صاحب الحمام، وجعل يلعن ما أقدم عليه قائلاً: إن ما التهمه «الأمين» من النقود ثم قفص الحمام والذي أراه بداية لالتهام كل ما عندي، يفوق بكثير ما سرقه صائد الحمام لعام كامل. هذا

إذا كان سرق حقاً، فأنا لا أعرف عدد الحمام، واستدرك قائلاً: أكاد أجزم أنني ظلمت الرجل واتهمته ظلماً، وأن اللـه ينتقم له من اتهامي الكاذب، وضرب رأسه بكلتا يديه وفكر في التنازل عن البلاغ.

حذره أصدقاؤه وقالوا: إن معنى سحب البلاغ أنك كاذب، وستُدخل نفسك في دوامة لا آخر لها، دع الأمور تمضي وكن حذراً فيما بعد قبل اتهام أحدٍ بأي شيء.

...

فرح زملاء العمل في وزارة الأوقاف بما حدث لعبداللّـه المحمود، وقال بعضهم شامتاً: الآن ظهر على حقيقته مولانا الشيخ عبد للّـه سارق الحمام، وكان يرفض الرشاوى وكأنه الرجل النظيف التقي الورع الوحيد في الدنيا، ونحن أولاد الكلب اللصوص! وضحكوا كثيراً من أكذوبته في التحقيقات التي لا يصدقها طفل، بأنه كان يضع القمح والماء ليطعم ويسقي العصافير وليس لصيد الحمام! وقال آخر: وأنا الذي كنت أتعجب من تورد وجهه وقوة بنيانه، وكأنه يعيش عيشة عِلية القوم، والحقيقة أنه يعيش عيشة الحمام، حقاً يا سادة أكل الحمام يفعل بالإنسان الأفاعيل وخاصة إذا كان مسروقاً

بعد التحريات الدقيقة ظهرت براءته، وفي آخر ليلة له في محبسه رأى في نومه عجباً، رجلٌ طويل القامة يرتدي ثياباً بيضاء اللون، يشع النور من تضاريس وجهه وكأنه البدر ليلة

التمام، يقول له: ساحتنا خلو من الحمام يا طاعم العصافير واليمام وساقيها، حميثرة يشتاق إليك يا أبا العصافير! سأله: من أنت يرحمك اللّـه؟ ابتسم صاحب النور وقال: أبو الحسن الشاذلي يا أخي ابن المحمود، عَجِّل ولا تتأخر فالوقت وقتك؟

استيقظ من نومه مدهوشاً، وجعل يحادث نفسه: نعم أعرف الشيخ الشاذلي أقصد أعرف سيرته الطيبة، ولكن لا أعرف لضريحه مكان سوى أنه بصحراء البحر الأحمر، ومن هو حميثرة هذا الذي يشتاق لي؟ ومن أنا حتى يشتاق لي الصالحون؟ إن الشاذلي يخاطبني «يا أخي» واللّـه _سبحانه_ يقول: إنَّما المؤمنون إخوة، ولكن من أكون بين الصالحين؟! نعم أعشق الصوفية أولياء اللـه، وأقوالهم وأحوالهم، وأرجو أن أكون خادماً صغيراً لهم، أو حبة رمل في جبالهم، قطرة ماء في بحارهم، نجمة بسيطة صغيرة في سماواتهم، ولكن هيهات فالطريق وعر، والمجاهدات كبيرة وثقيلة على أمثالي

بعد إطلاق صراحه لم يذهب إلى بيته أو عمله، بل قصد ضريح الإمام الحسين بالقاهرة، وبعد أن سكب عبرات قلبه وعينيه وكأنه يشكو ما جرى للإمام الشهيد، سأل بعض المشايخ عن مكان ضريح الشاذلي، وسألهم عن الشيخ حميثرة، ضحك بعضهم وربت على كتفه وأخبره أنه اسم جبل، توفي عنده الشاذلي ويرقد ضريحه في حضنه.

أخذه شيخ من يده توسم فيه ما هو غير عادي، وانتحى به

إلى جوار حجرة الآثار النبوية المطلة على الضريح الحسيني، وطلب منه أن يقصَّ عليه قصته.

ما إن انتهى عبد اللّه المحمود من حكايته، حتى أقبل الشيخ على رأسه ويديه يقبلهما بشوق وجلال، وهو يقول: مرحباً بشيخنا الجليل، مرحباً بواحد من أولياء اللّه! ارتبك عبدالله ولا يدري ما يفعل سوى انتزاع يديه حتى لا يقبلها الشيخ، ولا يدري ما يقول سوى: العفو يا شيخنا، العفو يا شيخنا.

ماذا أفعل كي أصل إلى ضريح شيخنا الشاذلي وجبل حميثرة؟

سأذهب معك إلى جماعة من إخواننا، كانوا منذ يومين يتحدثون في زيارة الشاذلي فقد حان موعد مولده، الذي هو تاريخ موته في العشر الأوائل من ذي الحجة، ربما جعل لك اللّه نصيباً معهم.

...

في الطريق طلب من الشيخ أن يحدثه عن جبل حميثرة ولماذا اختاره الشاذلي دون كل الجبال؟!

قال الرجل: إن شيخنا الشاذلي، كان يدعو اللّه أن يقبض روحه في مكان لم يعص فيه أبداً، فجاءه الإلهام إن ارتقاء روحه لباريها سيكون عند حميثرة، وسيرته لا تغفل قولته

الشهيرة لتلميذه أبي العباس المرسي عندما عزما على الحج إلى بيت اللّه الحرام، وكانا يقيمان بالإسكندرية: أحضر معنا ما يجهز به الميت.

فسأله ولماذا يا شيخي؟ فقال: عند حميثرة ستعلم.

وقُبيل الوصول إلى منطقة عيذاب في الطريق إلى ميناء القصير حيث السفن التي تعبر بالحجيج إلى ميناء جدة ببلاد الحجاز، يقع جبل حميثرة قبالة البيت الحرام تماماً. وعندما وصلت قافلة الشاذلي إليه حطّت الرحال ليستريحوا حسب أوامر الشيخ، وصعد الشاذلي جبل حميثرة، وفى قمته اتخذ لنفسه خلوة ظل بها ثلاث ليالٍ، بعدها نزل إليهم ليملي آخر وصاياه: أوصيكم بتقوى اللّه في السر والعلن، وقلة الطعام وقلة النوم، وترك الشهوات ما استطعتم، واحتمال الجفاء والغلظة من جميع الأنام، وهجر مجالس الحمقى والسفهاء، ومصاحبة الصالحين والمتقين، وكونوا أهل خير ونفع للناس، فإن خير الخلق أنفعهم للخلق حباً في رضا الخالق، وقد وليت عليكم تلميذنا المُرسي شيخاً لكم فأسمعوا له وأطيعوا تفلحوا، والحمد اللّه وحده.

ثم قام يصلي وحده، وفي سجوده أسلم الروح لباريها، وكان مرقده وضريحه في حضن جبل حميثرة.

...

جهَّز أبو العصافير قفصاً به سبعة أزواج من الحمام، وما استطاع حمله من القمح والشعير، وابتاع شجيرة من سوق شتلات الأشجار، محفوظة جذورها المحملة بطين التربة المناسبة، ليغرسها بجوار حميثرة حتى يكسر جفاف المكان. وكذا ما استطاع من التمر والخبز الجاف لتكون غذاء له طوال رحلته، وضعها على الشبكة الحديدية المثبتة على سقف الحافلة التي ستقلهم في رحلتهم لزيارة الشاذلي.

كعادة المسافرين تتوقف الحافلة كل عدة ساعات، ليستريح القوم ويتناولوا الطعام ويؤدوا الصلاة، بعدها يستأنفون الرحلة. كان يصعد على سطح الحافلة يأتي بقفص الحمام ليطعمه ويسقيه حتى لا ينفق، ويناغيه هنيئاً لكم ستعيشون في مكان لم يعص فيه اللّه، ليتني كنت منكم.

ما دهش له ودهش كل أفراد الرحلة، مجموعة من العصافير قد سكنت غصون الشجيرة التي أخذها معه. لم يجدوا لذلك تفسيراً فهتفوا: سبحان الله! لكنهم أدركوا أنهم حيال رجل غير عادي، ما جن جنونهم أن العصافير تركت الشجيرة وحطت إلى جوار قفص الحمام آمنة وكأنها تطلب الطعام والماء، فكان عبداللّه يضحك ويخاطبهم: إن نسيت نفسي لا أنساكم.

وبعد استئناف الرحلة تصعد العصافير إلى الشجيرة. وكانوا عند الصلاة يصرون على أن يؤمهم، فكان يعتذر أشدّ

الاعتذار وتنحدر من عينيه دمعات ويقول: ومن أنا حتى أكون إمامكم؟! ما أنا إلا عبدٌ معدومٌ لاحول له ولا قوة.

عندما تكرر مشهد العصافير عند كل استراحة، كانوا ينادونه بجلال وتوقير «مولانا أبا العصافير»، فيبتسم في داخله: حتى أنتم؟ هذا اللقب سيحل محل اسمي!

على غير ما توقعوا تعطّلت الحافلة وعمل سائقها على إصلاحها، بدا جبل حميثرة من بعيد شامخاً، جعل عبد اللّه يطيل النظر إليه شوقاً، وقد رأى عجباً حين تحول الجبل إلى وجه رجل معمم، أبيض اللون واللباس فارداً ذراعيه، يبتسم أحسن ما يكون الابتسام، وصوته القوي يزلزل قلب عبداللّه المحمود قائلاً: أهلاً وسهلاً يا أبا العصافير!

صرخ عبداللّه كالمجنون تاركاً كل شيء، وأطلق ساقيه للريح وكأنه يطير بجناحين: لبيك يا حميثرة، أنا أبو العصافير

بينما القوم ينظر بعضهم إلى بعض غير قادرين على الكلام سوى: لا حول ولا قوة إلا باللّه! ما أغرقهم ذهولاً انفلات الحمام من القفص المُحكم عليهم، وطيرانهم ومعهم العصافير خلفه! فأيقنوا بما لا يدعو للشك أنهم حيال ولي من أولياء الله الصالحين. حملوا إليه القمح والشعير والتمر والخبز والشجيرة، ما دلهم عليه إلا تجمع العصافير أعلى رأسه، وهو جالس على قمة حميثرة رافعاً ذراعيه إلى السماء يدعو اللّه ويبكي!

عندما وصل إلى المكان دخل إلى ضريح الشاذلي، ودخل فوق رأسه سرب الحمام، قال يخاطبه: سيدي قد جئتكم ومعي ما طلبته مني فهلا قبلته؟ طار فرحاً عندما تركته الحمائم وانتشرت في أركان سقف المسجد آمنة، وكأنها تربت فيه وما تركته قبل ذلك، صلى ركعتين تحية المسجد وشكر اللّه أن قُبلت الهدية، ثم استأذن قائلاً: أبو العصافير يستأذنك يا سيدي ليلحق بعصافيره.

أخذ بعض الماء وحفر لجذور الشجيرة، وغرسها بجوار حميثرة، وما إن أتم غرسها حتى جاءت إليها العصافير، وسجد إلى جوارها سجدة شكر للّه أن أتمّ مهمته على خير، وانصرف إلى قمة حميثرة ليضبط بوصلة قلبه تجاه الكعبة المشرفة، آملاً في شعاع من نور الرضا.

...

انتهت أيام المولد وعاد الزوار إلى بلدانهم، وبحث رفاق أبي العصافير عنه طويلاً وفي كل مكان، ولكنهم لم يعثروا له على أثر وكأن الأرض قد شُقت وابتلعته! فاستسلموا لقدرهم وغادروا المكان، لكن سيرة أبي العصافير ظلت حديثهم طوال الطريق وبعد الطريق.

عندما رآء سكان المنطقة من البدو الذين استقروا بها، بعد أن امتدت إليها أيدي أهل الخير من الأثرياء ببعض الاهتمام، مثل تحويل ضريح الشاذلي البسيط إلى مسجد كبير وحفر

عدة آبار لتوفير المياه العذبة بالمسجد والمنطقة، ما شجعهم على ترك الترحال وكوّنوا قرية بسيطة أسموها «قرية أبو الحسن الشاذلي»، وكانت العصافير مطمئنة حوله وهو يطعمها ويسقيها تعجبوا وقالوا: وليّ من أولياء اللّه وجاء لعمران المكان، ولكنهم سألوه: لماذا لم تعد إلى بلدك مثل الناس يا شيخ؟ وهل تحتاج مساعدة منّا؟ ابتسم وقال: هل تقبلوني ضيفاً في جوار حميثرة؟

رحبوا به جداً وكانوا يهدونه لبن الماعز والأغنام والإبل والخبز، لما لمسوه من راحة نفسية تجاهه، ثم بركته التي حلت بمواشيهم.

نسي العمل والوظيفة ومن يعرفهم ويعرفونه، وكأنه قد خُلق يوم مجيئه حميثرة. وكانوا قد سألوه عن اسمه، فأجاب: «أبو العصافير» فلم يعجبوا لما شاهدوه بعيونهم.

ساعدوه في بناء غرفة صغيرة من أحجار حميثرة، تكون مأوى له في حضن الجبل وكانوا كلما مرّوا عليه فإذا هو يصلي أو يقرأ القرآن أو يطعم العصافير، وكان يصعد حميثرة يتمنى لو يشتد بصره جداً حتى يرى البيت الحرام، ويكشف صدره ربما صادف هواء قد مرَّ بعطر الكعبة المشرفة.

عندما يوغل الليل في الظلام وينام الناس يترك حجرته، يقف في الساحة بين الجبل والمسجد تارة يدور حول نفسه وأخرى يطوح رأسه ذات اليمين وذات الشمال مردداً في لذة

يعجز الوصف عن وصفها، لفظ الجلالة: «الله.. الله.. الله.. الله.. الله.. الله.. الله... الله.. الله.. الله.. الله.. الله.. الله... الله.. الله.. الله.. الله.. الله.. الله.

ويردد بعض الأدعية التي تأتيه عفو الخاطر؛ دون حفظ أو ترتيب أو تنميق: اللهم يا حي يا قيوم اغسل أدران قلبي بنور رضاك؟ يا حي يا قيوم بحق اسمك الأعظم تب عليَّ لأتوب؟ أقسمت عليك بك أن تصلحني لك حتى لا أصلح لسواك؟ يا حبيبي ارجم إبليس قلبي حتى يغادره، وعطره بنور وجهك حتى يصلح لبهائك.

من عجائب ما كان يحدث في ليل عبد اللّـه المحمود أنّ حمام المسجد والعصافير والشجيرة التي كبرت وتفرعت أغصانها بسرعة عجيبة وتشابكت لتُظل من تحتها جميعاً وكلما كثر العدد زادت رقعة الظل، كانوا يدورون حوله في حلقة منتظمة، يتمايلون معه وماهم بسكارى لكن بهاء المحبوب شديد، أعجب من ذلك أن جبل حميثرة والجبال القريبة منه كانوا يتمايلون وكأنهم في حلقة الذكر، وأعجب من ذلك أنّ مسجد الشاذلي بمآذنه الأربعة كان يميل يمنة ويسرة وكأنه اعتمر عمامة كبيرة بيضاء اللون على رأسه، وكان صوت كالهمس لا يدري من يسمعه أهو نازل من السماء أم صاعدٌ من الأرض يردد: الله.. الله.. الله.. الله.. الله.. الله، بينما عبداللّـه المحمود مغمض العينين وتسري في جسمه رعشة تهز أوصاله؛ لا يحتمل جلال وجمال المشهد،

يبكي ويدعو: لا تفتني بخلقك يا حبيبي؛ قلبي أضعف من أن يرى تجلياتك لهم؟.

...

في ركن من الغرفة البسيطة حفر قبراً، ثم فرشه بالرمال الناعمة وجعل يختم القرآن فيه، ثم ينام به مثل طفل وديع. قبيل بزوغ الفجر يستيقظ لصلاة ركعات من الليل، وبعد صلاة الفجر يهجع هجعة بسيطة، ثم يصعد حميثرة يحدُّ بصره ما أمكنه ربما رأى شيئاً من البيت الحرام، يستنشق الهواء بقوة عساه أن يكون قد مرَّ بالكعبة المشرفة.

...

ذات يوم افتقدوه في صلاة الفجر، وتعجبوا في الوقت ذاته خلو المسجد من الحمام وكان لأصواته في أعشاشه في سقف المسجد نغمٌ محببٌ، بعد صلاة الفجر وعند تنفس الصبح ذهبوا إلى غرفته، فإذا برائحة طيبة تنبعث منها، فتعجبوا وقالوا: إن أبا العصافير أشعل بخوراً طيب الرائحة، ونادوا عليه فلم يرد، كرروا النداء فلم يجيب، فأكلهم القلق عليه؛ طرقوا الباب فلم يرد.. دفعوه بقوة فانفتح أمامهم، فإذا به نائم في قبره ورائحة العطر الطيب تنبعث منه!

قلّبوا جسده فإذا به قد فارق الحياة، تحيروا في أمره، هل يقومون بتغسيله والصلاة عليه أم ماذا؟ أشاروا على مشايخ المسجد في ضريح الشاذلي، فهرعوا إليه..

عندما رأوا الحمام والعصافير قد تجمعت على سقف الحجرة الصحراوية الفقيرة في مشهد جنائزي حزين وقد بسطت أجنحتها ونكست رؤوسها، ومالت أغصان الشجرة عليها وكأنها تحتضنها تيقنوا أنه فارق الحياة! وعندما رأوا أرض الحجرة وقد أصابها الماء حتى ابتلت بأكملها؛ وأثر الماء على ملابسه البيضاء ففطنوا أنه قام بغسل نفسه.. وتلك كرامة من كرامات الأولياء.

أغلقوا الغرفة جيداً والدموع تغرق وجوههم، حزنوا كثيراً ليس لفراقه فقط ولكنهم تلاوموا قائلين: كيف غفلنا عن وليّ من أولياء اللّـه وحسبناه درويشاً بسيطاً، وهو يغرف علومه من أنهار الجنة؟!.. دهنوا الغرفة بطلاء أبيض اللون وكتبوا عليها: هذا ضريح مولانا «أبو العصافير».. رضي اللّـه عنه.

***

ليلة موت المؤذن

مات مؤذن المسجد؛ صعدت روحه، بعد خروج الكلمة الأخيرة من أحبال حنجرته إلى ماكينة تكبير الصوت: «لا إله إلا الله»؛ يتولى الهواء نقل الآذان إلى الخلائق، في البيوت والحقول البعيدة، فيقطع الحُجة على من سمعه، بدخول الوقت.. وقت الصلاة.

فيما مضى قبل سنوات من الموت المفاجئ، قبل سريان الكهرباء للمرة الأولى في أسلاكها؛ كرعشة العاشق في توحده مع المعشوق.. كنا نراقب أصابعه الطويلة النحيلة وهي تغلق المذياع؛ ذا العلبة الخشبية الكبيرة و»البطارية» المعبأة بماء النار، ذلك الرابض في فراغ ما تحت المنبر.. فور انتهاء الشيخ محمـد رفعت من قراءة «سورة الرحمن»؛ التي حفظناها عنه في رمضانات عدة.

كنا نرجوه أن يسمح لنا بلمس مفاتيح المذياع بأصابعنا، نغلقه نيابة عنه؛ كان يستجيب لتحقيق رغبتنا الممتعة..

في كل صلاة واحد منا، لذا كنا نحرص على التواجد في المسجد قبيل كل آذان.

عند مغرب أيام رمضان كنّا نتابع خطوه الوئيد وهو يتجه نحو السلم الخشبي؛ ليصعد في بطء محسوب فوق سطح المسجد، ثم شرفة المئذنة كي يرفع الآذان.

كان يغيظنا ضيق خطواته الذي يتعمده، فنجذبه من يده ليسرع الخطو، فلا يليق به ذلك، فليس عجوزاً واهن العظم!

كان يضحك في حنو ورقة، قائلاً لينهانا عمّا نفعل: لا تفسدوا «فارق التوقيت» يا أولاد الناس الطيبين؟ يفصلنا عن القاهرة عاصمة الديار، خمس دقائق هي زمن خطواتي البطيئة.

نجرى إلى قدّام المسجد حيث شرفة المئذنة التي سيطل علينا منها، نرقب ظهوره بشوق لا يفتر، رافعين أبصارنا نحوه وكأنه هلال الشهر الجديد.

عندما يرفع يده اليمنى إلى أذنه ويُشْرِف بعنقه نحو السماء، نطير إلى بيوتنا نزف البشرى، ليفطر الصائمون.

...

الآن، قبيل سماع الآذان عبر مكبر الصوت أو قناة التلفاز المحلية، ونحن جالسون في بيوتنا؛ نذوب شوقاً لمشهد

أطباق الطعام في تجاورها المتناغم؛ تتصاعد منها غلالة دخان رقيق تسحر أنوفنا، كأنه قد نزل ساخناً من جنة الفردوس.. كان الأكل لمحرّم علينا تذوقه، يفوح برائحة يسيل لها لعاب الكبير والصغير.. لكنه نهار رمضان.

كان الكبار يملؤون باقي الوقت بالاستغفار، ونحن بتقليدهم حتى ننال الرضا والطبطبة ودعوات البركة، إذا ما نظروا إلينا.

فور سماع «الله أكبر، الله أكبر....» يصير كل محرم حلال؛ الماء، الطعام، النكات، الرفث ليلاً للرجال والنساء،...........

عندما كنا نشرب التمر المبلول بالماء، ويا للعجب؛ تغادرنا حماسة الرغبة التي كانت تجتاحنا؛ وكأننا كنا سنلتهم الأطباق بما فيها، عندما كان الأكل محرماً!

كأن انطفاء الشهوة يكمن في إتاحة إتيانها؛ لا انعدام الحاجة إليها!

أذكر، ولا أدري لماذا؟! كلمات حُبلى بفقه العشق قالها مدرس التاريخ، وكان مشهوراً بقصة حب قديمة؛ لا ينكرها بصمته، ولا يذكرها بلسانه.. قال فيما قال: لا شيء يجعل المعشوق معشوقاً إلا الحرمان من وصله.

كان يبتسم لنفسه في مرارة ويتمتم: العاشق لا يشبع والمعشوق يتدلل!

ثم يحلو له أن يترنم ببيت شعر قديم:

وعذلت أهل العشق حتى ذقته

فعجبت كيف يموت من لا يعشق

وعندما يسأله بعض التلاميذ: هل هذا من أشعارك يا أستاذ؟ _إذ كان المدرسون ينادونه: شاعرنا الكبير_ يضحك وهو مغمض العينين ويقول: أنا خادم صغير في بلاط القوافي، هذا عمنا المتنبي.

كان الحديث أكبر شأناً من أدمغة تلاميذ صغار، لذا كنا نغمز ونلمز ونكتم الضحكات الخجلى ونتهامس: أستاذنا يحب النساء!.. وكأنه ارتكب فاحشة.

...

كان المؤذن _يرحمه الرحمن_ يمطُّ رقبته ويشرئب لأعلى، يردد كلمات الآذان بلذة عجيبة؛ يستحلبها في فيه قبل أن يخرجها، كأنه يود ملامسة السماء لتقبيلها أو احتضانها؛ يسبقه إليها صوته الشجي الحنون؛ الرطب مثل ندى الصباح على مزروعات الحقول.

عندما سألناه عن سر ما يفعل؛ هل يشكو ألماً في فقرات عنقه؟ ابتسم في فرح طفولي ولهفة عاشق ولهان، قال: «المؤذنون أطول الناس أعناقاً يوم القيامة».

تأخذنا الدهشة وكأننا نسأله: كيف عرفت ذلك وأنت لا

تقرأ ولا تكتب؟ يزدرد ماء ريقه، يهمس وهو يمسح على صدره بفخر وثقة وكأنه يزف بشرى لنفسه: صدق حبيبي وسيدي ونور قلبي رسول الله صلى الله عليه وسلم.. ثم يمد يده في «سيالة» جلبابه، يخرج لنا قطع الحلوى التي تعودناها منه.

في ليلة الصعود، بعد أن أتم آذان العشاء مات؛ انحنى ليفصل تيار الكهرباء عن «ماكينة تكبير الصوت»، لتسكت بغتة؛ مثل مفارقة الروح الجسد.

انحنى، مد يده نحوها، وقع فوقها.. نقلت الماكينة صوت ارتطام جثته بها، فزع من بالمسجد، نظروا نحوه يتشوفون الأمر.. هرولوا إليه.

لم نشهد طوال سنوات طفولتنا وصبانا رجلاً غيره يرفع الآذان، تعودنا صوته الشجيّ الحنون.. كأن الصلاة بغير آذانه لا تجوز، والإفطار في رمضان دون صوته لا طعم له.

...

كان الناس، كلما أفزعهم المؤذن الشاب؛ حين يطلق غلظة صوته الخشن كأنها نفير حرب، دعوا بالرحمة والمغفرة لصاحب الصوت الحنون.. كان الشاب يقطب ما بين حاجبيه وينفض جلبابه القصير، ويقول: التطريب غناء، والغناء مزمار الشيطان.. استغفروا ربكم قبل أن تسلقكم النيران.

***

صاحب الورقة

(أمسيت عـشقاً للموت.. عاشقاً لفراق الحياة التي كنت من عشاقها المتيّمين؛ كم كنت أرجو أن يطول بقائي ذائباً في دلال ابتسامتها الفاتنة، غمازات خديها اللعوب، سابحاً بين شواطئ عينيها الساحرتين، أمرّغ وجهي في تضاريس نهديها الرَجْراجين؛ مثل موج حنون أو وسادتين من حرير الفردوس.. تمرّر أصابعها التي كالطلح المنضود بخصلات شعري، مأخوذٌ قلبي بها مثل درويش هائم أسْكرته عوالمها السندسية، وأحلامها الذهبية..

كانت أحبّ الأحاديث إليَّ: « الدنيا حُلوة خَضِرة».. وخير العشق ما كان في قلب النبي مُحمّد لزوجه الحميراء عائشة..

كانت الدنيا عائشتي الأسطورية، كنت لا أرجو أن أموت قبل أن أحقق ما تصبو إليه نفسي، مثل نبي يرجو أن يتبعه العالم، كل العالم..

كنت أكره ذكر كلمة موت، أراه لفظاً بغيضاً لا معنى له. لكنني الآن، دون تفاصيل تمضغني فيها أحزاني، أمسيت أعشق الموت؛ لأسباب لا أجد لديّ الرغبة للبوح بها، فسينكرها ويستنكرها من كانوا سكينها المغروس في قلبي، ولسوء حظي ووجع روحي هم أهلي الأقربون، ثم ما فائدة أن أجلب اللعنة عليهم وقد فارقت حياتهم!).

...

المصادفة وحدها قادتني إلى هذا المكان المحبب إلى روحي؛ كنت فيما مضى أخطط لتلك الزيارة قبلها بعدة أسابيع.

صعدت من «مترو الأنفاق»، درت خطوات مع الطريق الموصل إليه، إنه سوق الكتب القديمة أو ما يسمى «سور السيدة زينب».

مذ تم نقله بعيداً عن المسجد الزينبي بدعوى التطوير، تراه في مقره الجديد كأنه يطيل رقبته؛ تشوفاً وتشوقاً لوطنه القديم الذي انتزعوه منه قسراً، يرنو مثل عاشق أضناه الجوَى لعطر أيام مسجد «أم هاشم»..

احتفظ باسمه القديم لوجاهته ومحبة الناس له «سور السيدة»، ربما لحنينه إلى مكان الحديقة الجميلة قبالة الباب الرئيسي لمسجد «أم العواجز» كما يلقبها الناس..

كانت الحديقة نهاية خط «الترام» قبل أن يزيلهما التطوير.. كانت تستقر صفوف الكتب القديمة تحت أغصان أشجارها العتيقة، أكشاك الكمسارية والسائقين والمفتشين تحت لافتة «هيئة النقل العام»، كان البسطاء يفترشون أرض ظلالها على الحصير والدكك الخشبية التماساً لنسمات الهواء الطرية من وهج أشعة الشمس، كان باعة الشاي واليانسون والقهوة والمرطبات ينْشَطون بينهم سعياً للرزق، لا يمر وقت إلا وترى درويشاً تتدلى من رقبته مسابح متعددة الألوان والأحجام؛ يغلب على أسماله اللون الأخضر، يرفع صوته كمن يستجير بحبيب، يشير نحو المسجد الزينبي بكلتا يديه، مغمض العينين محني الرأس بعض الشيء: الكريمة، الحليمة، الرئيسة، أمنا السّيدة زينب.

...

بينما كنت أقلّب في العناوين العتيقة بين صفوف الكتب، صادفني كتابٌ تراثي عن الزهد وفضائله، منسوبٌ للإمام المُبتَـى أحمد بن حنبل.. هتفت روحي: إنّه كنز معرفيّ ثمين؛ اشتريت الكتاب سريعاً دون جدال في سعره _كما هي العادة_ فمثله من النادر مصادفته.

بينما أقلّب صفحاته وجدت ورقة مكتوبة بخط اليد، أغلب الظن أن كاتبها نسيها في الكتاب وقت بيعه لمكتبته، أو على الأرجح بيع الورثة لها.

كانت الورقة مثل كل قديم فارقته نضارة الحياة، قد اصفر لونها وجفت ليونتها؛ قد تتكسر في يد من يقرؤها، إذا لم يأخذ في الاعتبار رقة حالتها وتعامل معها برفق شديد. من عجب اكتشفت أن الورقة حديثة عهد لا يليق بها هذا الوهن؛ فقد ذكر صاحبها فيما كتب بها شيئاً عن وسائل التواصل الاجتماعي!

ربما هزمها الاعتلال بفعل حرارة الشمس وفوضى الأتربة على الكتب المعروضة أمام محل البيع، أو ربما فعل سخونة الأحزان بها. كانت طريقة سرد كلماتها والخط المنمق وفواصل الجمل وعلامات الإعراب تدل على أن كاتبها رجل صاحب فكر رفيع، ونفس شفيفة.

أخرجت «نظارة» القراءة من حقيبة يدي، راجياً أن تحوي الورقة من الحِكم والمواعظ ما لا أعرفه، كما يشي عنوان الكتاب، أو تعليقات وحواشي قد أفيد بها.. لكن ليتني ما فعلت، وليتها تكسرت، فقد كتب فيها من لم يذكَر له اسم ولا مكان إقامة، أوجاعاً تفوق حد الجنون.. لا تراها إلا عند أصحاب النفوس المكلومة جداً؛ دفعَته لتمني نهاية أشد ما تكون من المأساة.. كتب دون عنوان، ما سبق أن ذكرته في البدء؛ كلمات وردية عن عشقه المجنون للدنيا، وولهه بها كفتاة من حور الجنة يحار في وصف جمالها، وقادم أحلامه التي يرجوها معها وفيها، لكن ويا لقسوة الأحزان، ينقلب الحال إلى كراهة العيش فيها بسبب ما شرخ جدار نفسه

الرقيق من غِلظة أبناء الطمع والنكران من أهله؛ قلبت هذا العشق وتلك الآمال الكبيرة إلى كراهية للعيش وضجر من الحياة وأبناء الدنيا!

...

هَدَّني ما قرأت، حتى شعرت بأن ساقيّ قد خارت قواها فانتحيت جانباً قصيّاً، جلست على رصيف الشارع أكمل سطور ما في الورقة من مأساة..

قال: «غاية ما أريد؛ أن لا تُقبض روحي بطريقة عادية مثل كثير من الخلائق، لا أريد أن أموت فيعرف الأصدقاء أو الأعداء.. المحبون أو الكارهون أو البيْن بيْن خبر موتي من مواقع «التواصل الاجتماعي»، فيكتبون الكلمات المعتادة التي ربما تخلو من الأحاسيس الإنسانية: «البقاء للّـه»، «رحمه اللّـه»، وقد يكتب البعض رجاءً بالرحمة الإلهية والمغفرة وجنة الفردوس، وهو يبتسم غير عابئ بمعنى ما يكتب، أو ينصرف البعض دون تعليق أو يضع علامة «أَحزنني» الحمراء اللون المائـة إلى الصفرة أو علامة «أَعجبني» الزرقاء اللون.

لا يهمني مَن سيكتب أو سيعلق أكان حزيناً حقاً لفراقي أم لا؛ سوف يلحقون بي عاجلاً أم آجلاً، ما شأني بمَوتَى مؤجَّلين لبعض الوقت.

أريد أن أموت كما تمنت العذراء أم النور: «نَسْياً مَّنَسِيّاً».. لا مجد، لا شهرة، لا أحلام، لا ذِكْر لي بالمرّة.. ولذا مزقت أوراق

أشعاري ومقالاتي التي كنت أرتب لنشرها؛ فهي أنفاسي ومن حقي وحقها أن تموت معي.

تلك رغبة نفسي التي أُرهقت حد الجنون، وروحي المتعبة كحمل ثقيل على عاتق شيخ كبير.. لكن _وآهٍ من قسوة لكن_ الأمر ليس بيدي ولا أقدر عليه؛ «قُل لَّا أَمْلِكُ لِنَفْسِي نَفْعاً ولا ضَرّاً»..

مجرد أمنية قبل أن أتداعى وأنقضّ مثل جدار موسى والخِضر، ويمسى جسدي _أو على الأحرى_ جثتي عبئاً ثقيلاً يعجزني عن الحركة والترحال ويصبح بنيان اللّـه قعيد الأمراض المتوحشة.

ما أقبحك أيها الأمل، أخطأت طريقك معي حين أضعت عمري فَرِحاً مثل طفل بريئ في إسعاد مَن يتفنن في إحزاني، في إيذاء مشاعري، في تهميشي، حتى يكون هو، هو فقط! ولا عجب في ذلك إذا قلت أنه أخي، شقيقي، فقد سبقه قابيل، الشقيق القاتل..

ما عاد للأحزان موضع ولا فائدة تُرجَى، كل ما أرجوه أن أدفن تحت سفح جبل مجهول؛ يحفر لي مَن يجدونني _ محض المصادفة_ حفرة تتسع بالكاد لجثتي ثم يهيلون عليها الرمال والحصى قبل أن أتعفّن ويضيقوا برائحتي؛ ثم ينصرفوا إلى وجهتهم، وهم لا يعرفون مَن يكون هذا البائس الفقير الذي أحسنوا إليه بستر جثته، حين لا يجدون في ملابسي ما يدل عليَّ، حتى لا يتكلّفوا مؤونة إخبار أحد بخبري.

حتماً سيرددون: البقاء للّـه أو لروحه السكينة الأبدية، ربما إشفاقاً على صاحب الجثة المجهولة، يدعون اللّـه أن لا يموتوا بهذه الهيئة الشنيعة، وإنما وسط الأهل والأحباب بعد عمر طويل.

أو أن تكون جثتي وليمة لكائنات الصحاري الوحشية، أو حيتان البحار فأكون _دون قصد مني_ سبباً في إشباع بطون خاوية لمخلوقات تبحث عن رزقها، أكون سبباً في إسعادهم ولو لوجبة واحدة.. أن تفتت حرارة شمس الصحراء هيكلي العظمي، فيتناثر هنا وهناك حتى يتلاشى بين الصخور والحصى والرمال، وفي الشتاء تجرفه السيول وتطمره في باطن الأرض القاحلة.

لم أكُ سوداوياً أو قانتاً أو ضيق الرزق أو عدمياً، بل هاشّاً باشّاً يضاحك طوب الأرض _كما كان يصفني من يعرفني_ لكنها قسوة بعض من يسمّون بشراً ويقيمون الصلاة ويؤتون الزكاة ويصومون رمضان ويوم عرفة وعاشوراء طمعاً في دخول الجنة.. «طيبون حين يملكون قبضتي نقود ومؤمنون بالقدر»، لروحك الطمأنينة الأبدية شاعرنا الذي مات مكلوماً محزوناً بسيف الرفاق صلاح عبد الصبور..

أعتذر ثانية عن عدم ذكر تفاصيل مأساتي وعدم ذكر أسماء من اغتالوني فستكون جارحة جداً، خصوصاً أنهم سيدّعون الحزن لموتي إذا انتشر خبري وعلم به الناس، ستذرف عيونهم الدموع أمام الخلائق، سيعددون مآثري

وتميزي، رِفعة لأنفسهم بين معارفهم، ومباهاة بشقيقهم المحبوب!، بينما عقولهم تعمل جاهدة في كيفية توزيع ما تركته من ميراث.

يكمل المحزون كاتب الورقة: هذه كل سطور وصيتي أو على الأصح أمنية ما بعد موتي؛ لكن ليس في يد أحد تنفيذها، حتى أنا صاحب الجثة المُتعبة، إلا أن يزورني صاحب الزيارة الوحيدة، ملك الموت، وحيداً جوار سفح جبل مجهول في صحراء شاسعة، أو وسط بحر محيط.. لذا أرجو الذي خلق الموت قبل الحياة، أن ييّسر لي الرحلة إلى الجبال البعيدة القاحلة، أو إلى بحر محيط، وأن يلهم روحي الذهاب إلى هناك إذا حان القضاء وانقضى الأجل الممنوح لي.

...

بعد آخر كلمة في الورقة، وجدت دموعي تبلل خديّ وتسّاقط من ذقني على ملابسي، وبحر من الأسئلة يعصف بي: ترى من أنت يا صاحب الورقة، أم أنك مُوَزَع فينا ولا ندري أو ندري ونستسلم لعواصف أقدارنا؟ ما فعلت بك الأيام والسنون؟ هل ما زلت حياً أم لقيت حتفك، وبأي طريقة؟ هل كما تمنّيْتها أم كان للعبة الحياة مع موتك شأن آخر؟

وجدتني أدعو لروحه بالسكينة والرحمة، وربما لأرواحنا أيضاً.. ومن العجيب أن وقع بصري في صفحة الكتاب التي كانت بها الورقة على إجابة لابن حنبل إمام المُعَذَبين،

المجنودين، المسجونين، وقد سأله أحدهم: كيف السبيل إلى السلامة من الناس يا إمام؟ قال: تعطيهم ولا تأخذ منهم، ويؤذونك ولا تؤذهم، وتقضي حوائجهم ولا تكلفهم بقضاء حوائجك. فقال السائل: إنها من أصعب الأمور يا شيخنا. فقال: وليتك تسلم!

هتفت بأعلى صوتي كأنني أحد مجاذيب أم هاشم، شقيقة الحسين، ذبيح يزيد، ابن معاوية قاتل والدها عليّ: الظلم قديم في أرضك يا اللّـه، لمَ رضيت أن يكون أحد دعائم دنيانا بل الدعامة الكبرى فيها، أيرضيك هذا يا مَن العدل اسم من أسمائه الحسنى؟!

مضيت كسير الخاطر كأنني أمشي في جنازتي، فجأة هتفت نفسي وكأنها نهضت من رقادها قد وجدت الطريق إلى النهاية، ألم يك حظك في الدنيا مثل حظ صاحب الورقة؟ ألم يتمنَّ شقيقك زوال أمرك لحقد دفين وشكوك باطلة في صحراء نفسه الموحشة، رغم إحسانك اللامحدود له، ألم تكره أن يضم عظامكما قبر واحد؟ خطط من الآن لطريقة موتك ربما صادف جثتك ما ترجوه؟

صرخت بكل أحزاني: من أنت يا صاحب الورقة؟ هل اختبأت في نفسي وتوحدت لتقول لي: كل من في الدنيا مكلوم يا هذا فلا تبتئس؟ من أنت يا صاحب الورقة؟ هل خططت لشرائي الكتاب الذي وضعت فيه ورقة أقدارك

المؤلمة لأقع في جحيم عذاباتك، وأنا أتوهم الاختيار في شراء الكتاب؟ من أنت يا صاحب الورقة، وما تلك الخطة الماكرة التي استدرجتني بها؟ سامحك الله.

***

الذئب

رويداً ينطفئ الشفق الملتهب بوجه الأفق، رويداً تمسحه فرشاة الليل، تصبغه باللون الأسمر.

يغسل كفيه بماء الترعة يتوضأ، يفترش القشّ أمامه يكبر لصلاة المغرب. الكون خلاء، كف الليل توزع أطنان الصمت، شيئاً فشيئاً تعلو أصوات ضفادع الليل في الحقول.

ترك الأرض السبخاء وراءه، أشجار الطرفة في الليل أشبه بأكوام سوداء مخيفة، ترك الترعة الجديدة الخالية من الماء لم يكتمل حفرها بعد، أنهى عمل اليوم، أخذ الأجر، مسح على صدره، تمتم: خمسون جنيهاً تكملها هذي العشر قروش، آهٍ يا سلوى يا بهجة عمري كم أحلم باليوم الموعود، والدها يصر على الستين جنيهاً، والبنت جميلة «لهطة» قشطة، حورية من الجنة، سلعة ربى غالية، لن يكتمل حفر الترعة قبل تمام العام، سأعمل في كل الأيام، أُزف إليها، أمرغ وجهي فوق الوجه النوراني المشرق، الشفة الحمراء كوردة بللها قطر

ندى الفجر ـرضي المولى عنه أمير المؤمنين، باب العلمـ «تدفيء الضجيع وتروي الرضيع».

يطوى معالم السّكة بخطواته المسرعة، ساقية الحاج علي، ساقية الشيخ متولي، سقيفة عم مجاهد، أضع الفأس هنا حتى الصباح، ما من أحد من خلق اللّـه بحقله يبدو أني تأخرت الليلة.

امتلأ الصدر هواءً رطباً، هاجمه الجوع عندما مرَّ بقيراط أشجار الباذنجان بحقل خاله متولي لكن يفصله عنه الترعة.

فلأمش نصف الساعة وأصل البيت، تُرى ماذا طبخت أمي اليوم؟ لن أسهر هذي الليلة أشعر بالتعب وبالإرهاق، سأصلي العشاء وأرقد.

تحسس بطنه، كم أشعر بالجوع، ينازعني الشوق إلى ثمار الباذنجان الأسود، خلع ملابسه ونزل الترعة، جمع الثمرات، عشرة عشرين، يتخيل أن بمقدوره أن يأكل كل ثمار القيراط بأشجاره.

الأولى بسم اللّـه، غاب القمر الليلة، ما هذا؟! شبح يتسكع في الناحية الأخرى من الترعة، هيئته كلب ضال، حاذاه، هم الشبح ليطفو فوق الماء ويعبر نحوه، ذئبٌ سترك يا ستار، قذف بقوته باذنجانة نحوه في الماء، اندفع الماء شظايا في عينيه، تراجع، سترك يا ستار، ارتعب القلب، لا أخشى غير إلهي ثم الذئب، رأيت كثيراً مما يرعب أعتى الناس، ما اهتز

فؤادي لحظة، حبلاً من نار يقطع طريقي ليلاً، يرقص تحت القدمين، أدركت سريعاً أنه شيطان، قلت له ببرود تام: اذهب عنى إلى من قتلك، قرأت آية الكرسي، انطفأ تبخر.

جِنَّية في عز القيلولة ناشرة شعر الرأس حواليها، عيناها بالطول حمراء بلون الدم القاني؛ يتطاير فيها ومنها الشرر المرعب، أطلت النظر إليها أخرجت لها لساني سخرية ومشيت، لا أخشى إلا اللّـه.

«دمه زفر» قالتها عني القرية، لا ترهبه عفاريت أو جنيات، صوفيٌّ رفاعي العهد، مدداً يا سيدنا.

الذئب القاتل لا يحفل بعهودٍ صوفيّة، لابد وأن آكل كبد ذئب، تلك وقايتنا منهم، هكذا أوصاني جدي، لكن الأمنية الآن مُحال، سترك يا ستار لو عبر مياه الترعة انقض عليَّ وأرداني أشلاء.

يهم الذئب ليعبر، يقذف باذنجانة في الماء، يتراجع، يهمُ، يقذفُ، يتراجع، يهم ُ، يقذف، يتراجع، انتهت ثمار الباذنجان، ويلي!

أين الذئب؟ ما عدت أراه الحمد لربي، يئس تراجع وتقهقر

امتلأ الصدر هواءً اتأد القلب، تلك كرامة أشعرني ربي بالجوع كي آتي بثمار الباذنجان لأنجو بحياتي _سبحانك ربي_ لا يدري مخلوق ما في حجب الغيب المكنون، مدداً يا آل البيت.

يشعر بدبيب يأتي من خلفه، هو ثانيةً! _يا ليلة سوداء اللون _سترك يا ستار، لا فائدة الليلة، نزع الجلباب بسرعة، جره خلفهُ، حيلة والده ووصاياه: «الذئب يأكل رجلاً كالجبل لكنه يخاف من اثنين ولو كانا يرضعان اللبن».

يقترب الذئب، يرفع الثوب ويخفضه، يتراجع، يناوش ثوبه ويشاكسه، يرفعه ويخفضه، يتراجع، يناوش.

...

صوت محموم لإنسان يتأوه، يأتي من أحشاء الليل، شعلة على حافة بئر، هبات الهواء تنقض عليها لتطفئها، تقاوم تتماسك، ما هذا البئر، وما هذي الشعلة؟ ما وقعا ببصري قط! هذا طريقي أعرفه جداً، أأكون ضللت العودة؟ لا يمكن إني أعلمه شبراً شبراً، فلأمش حتى أتبين!

الحشرجة المحمومة تأتي من جوف البئر، ويلي رجلٌ مقتولٌ، حشاشة روح تخرج، رأس متهدم، رائحة الدم الساخن تنتشر حواليه، هرب الجبناء، حمداً للّه لو ظلوا لقتلوني، يرتفع الثوب وراءه، انصرف الذئب إلى المقتول يتشممه، طرح الثوب على كتفيه، انطلق كريح عاصفٍ نحو القرية.

...

- تأخر يا ولدي أخوك الليلة.
- وما أفعل يا أمي؟ دوماً يتأخر، لا يخشى ظلام الليل.
- قلبي يأكلني عليه، طريق مقطوع هيا نقابله نفعل شيئاً.

- أمري للّـه هيا يا أمي.

...

تنغمس السكة في جوف الليل كخنجر، لا أحد يبدو، لحظة، لحظات، خطوة، خطوات، يترامى صوت أقدام تدق الأرض بقوة.

- هل تسمع يا ولدي دق الأقدام؟
- أسمع يا أمي قلبي يذوب رعباً، ربما شيطان أو عفريت أو جني! هيا نرجع أني أخشى الظلمة.
- كن رجلاً يا ولدي، ربي أستر وأرحم.

شبح يقترب سريعاً، يقفز مجنوناً كما لو كان يطير، تتقلب كلمات الرعب برأسه مثل زوابع ريح عاصف، لحظة أبطيء فيها يأكلني الذئب، هل أكل الرجل المتحشرج؟

يقفز، يقترب..

- ولدي!

صرخة أمه المباغتة هزت الأرض تحت قدميه، والسماء فوق رأسه، ردد صداها بشكل مكثف كل ما حوله: ولدي.. ولدي.. ولدي.

ارتعب، انتفض، ارتطم بمصدر الصوت _أمه_ سقطَ بين ذراعيها!

***

شفيعة المساجين

حكايات ومعجزات الست صفية أقصد السيدة صفية، عفواً، السماح يا أهل السماح.. أقصد سيدتنا صفية.. ملعون هذا الشيطان الساكن في رأسي فهو كثير ما ينسيني أن أذكر أسماء مشايخنا أهل الأضرحة المباركين؛ غير مسبوقة بوصف سيدنا أو سيدتنا.

لا أنكر أنها كانت عقدة عقدها الملعون إبليس في «نافوخي»، إذ كان يهمس في أذني ساخراً: أيها المسكين أنت العبد الوحيد وكلهم أسيادك، تمرد؟!

عندما تراودني الدهشة كان يوسوس لي بخبثه الممتع موضحاً مقصده: تذكر شيخ الكُتّاب بوصف سيدنا. شيخ المسجد سيدنا، الواعظ الديني سيدنا، صاحب الضريح سيدنا، الصحابي والتابعي وتابعه، سيدنا، أي نبي سيدنا.. عندما تخاطب صاحب السلطان، أيّ سلطان تقول: سيدي.. ما أكثر أسيادك! أليس في ذلك إقرار بأنك العبد المقهور

ومن هم على شاكلتك في عالم كله أسياد؛ الأموات منهم والأحياء، إلا أنت؟!

الحق يقال كانت نفسي تجد لذة لهذه الوساوس، وتهمس لي بدورها: وما يمنع أن تكون سيداً مثل هؤلاء، أليست الإرادة الإلهية التي خلقتهم هي ذاتها التي خلقتك؟!

معذرة سيداتي سادتي، فقد جرجرني الشيطان حتى أنساني ماكنت أود قوله! نعم، نعم تذكرت.. عندما قبضت عليّ الشرطة وبعض من رفاقي فأفسدوا جلسة البهجة التي خططنا لها، وصادروا المخدرات التي جهزناها لتلك اللحظات التي كنا نرجو نشوة سعادتها، أوصت النيابة بحبسنا على ذمة التحقيقات. ولأن مكان الضبط كان قلب قاهرة المعزّ، أودعونا سجن الاستئناف الكائن بباب الخلق.

وهو اسم أحد أبواب القاهرة التي اندثرت، سماه الناس حينها باب الخرق لأن الهواء كان يخترقه بشدة لندرة البنايات حوله ــ هكذا يقولون ــ حتى استقبحه الخديوي إسماعيل وهو ينشئ متحف الفن الإسلامي و«الكتبخانة» بالمكان فغيره.

عندما دخلنا من بوابة السجن العتيقة جداً هالني مشهد لا يمكن نسيانه، ضريح وزوار وأكف ضارعة تتوسل وعيون مرهقة تدمع!

نظرت مستفسراً من رجل الشرطة الموكل بتسليمنا فأشار أن ألتزم الصمت، وهمس ساخراً: ستعرف كل شيء فيما بعد فأيامك هناك قد تطول؟

فيما بعد وقفت مع الضارعين المتوسلين في وقت السمح للسجناء بالخروج إلى باحة السجن أمام الزنازين؛ يسمونه التريض. قالوا: إنه ضريح سيدتنا صفية شفيعة المساجين؛ تهوّن علينا قسوة الحبس وأيامه الطويلة، فكم نحن محظوظين بها، فسجننا هذا هو الوحيد في مصر المحروسة وربما سجون الدنيا الذي تغمره تلك البركة التي تبهج نفوسنا.

أضواء الشموع تجعل لضبابية المكان المغلق سحراً أسطورياً، صندوق للنذور يضع فيه السجناء ما تجود به نفوسهم، أحجبة، آيات قرآنية، مسابح ملونة.. مفردات تذكرتك بأضرحة الأولياء خارج السجن.

همس لي شيطاني: ترى من يفتح صندوق النذور هذا ليفرغ ما به من أموال؟ وزارة الأوقاف أم مصلحة السجون؟

رأيت مخطوطات قصائد من الشعر؛ نظمها بعض السجناء في مديح سيدتنا صفية ومعجزاتها، معلقة على جدران المسجد الصغير الذي يضم الضريح. قال أحد المتعالمين بأسرار المكان: سيدتنا هي صفية بنت اسماعيل بن محمد بن إبراهيم بن الحسن بن على بن أبي طالب.

من كراماتها الكثيرة أن الباشا ناظر المعارف _ذكر اسماً لا أتذكره الآن _أراد هدم الضريح ليقيم قصره بالمكان لكنها حذرته في منامه فبنى القصر وداخله الضريح، لكن بعد طرد الإنجليز حولت الحكومة القصر إلى سجن. وقال حكايات وحكايات عن براءة محكوم بالإعدام كان يتوسل بها، وعن مثقف شيوعي استخف بها فغضبت عليه وتم تأييد الحكم فندم أشد الندم.. لكنه يستحق فقد جلبه لنفسه.

لم يعلق في ذهني من كثير الحكايات التي رواها «الدرويش» السجين إلا بناء القصر وبداخله الضريح، فغرف السجن كلها زنازين ضيقة جداً، والممرات سراديب كئيبة، لا يوجد مدخل صغير تنفذ منه الشمس اللهم إلا النوافذ الضيقة العالية ما يجعل الرطوبة تلازمه صيفاً وشتاءً، أيّ قصر هذا؟! إلا إذا كان صاحبه مريضاً من هواة تعذيب وإهانة نفسه، ما يسمونه في الطب «مازوخية»؟! ربما صدق من قال لي: أنه كان اسطبلاً لخيول المحتل الإنجليزي ثم أصبح سجناً للناس بعد رحيلهم عن البلاد.

***

توابيت العشاق

كان حتماً عليه أن يرسل «فاكس» يحوي تفاصيل سيرته الذاتية وخبراته العلمية والعملية إلى شركة المقاولات التي تطلب مهندسين أكفاء.. بحث طويلاً عن «سنترال» أو من يعرف مكاناً مثل هذا دون فائدة.

همس في نفسه: من المؤكد أن تلك الخدمة قد ألغيت مع تطور وسائل الاتصالات وانتشار الهاتف المحمول وأجهزة الحاسوب، فما عاد لها جدوى اقتصادية.. تعجب كيف تصر الشركة الهندسية على طلب سيرة ورقية تسلم باليد أو ترسل بالفاكس في عصر الالكترونيات؟!.

في لحظة خاطفة قفز إلى رأسه وقلبه معاً سنترال ميدان التحرير؛ اهتز كمن أفاق من خدر كان يسيطر على عقله، دهش كيف غاب عنه المكان وكان يدخله كل يوم مرتين؛ صباحاً ومساءً.. وكأنه دار عبادة وليس مركز اتصالات، فقد كان فيما سبق روضة قلبه الأثيرة.

كان ذلك قبل أن تنقلب حياته بشكل مفاجئ، وكذا عقب انتقال مقر الشركة التي كان يعمل بها إلى جنوب البلاد؛ في أقصى محافظات الصعيد للمشاركة في خطة الدولة لتعمير المناطق الحدودية، لعدة سنوات.

اجتاحه الحنين للشوق القديم، اغرورقت عيناه بالدموع، استنكر غفلة نفسه.. كيف استطاعت هموم الدنيا طي روحه بهذا الشكل الذي جعله ينسى فردوس ربيع عمره الحقيقي؛ أنفاسه الحرى في مكالماته اليومية لمعشوقة قلبه الوحيدة في هذا الكون؟

عاتب نفسه بمرارة طافحة: ماذا دهاك يا متيم يا ابن قمر الدين السيد؟! هل تاه قلبك عن نبضه القديم الصادق، عن محرابه العتيق؟ أم تحجر كما تحجرت الحياة معك؟!

رغم ابتعاد مكان إقامته في العمل المؤقت، عن ميدان التحرير إلا أن الحنين المفاجئ فرد جناحيه ليحمله إلى هناك، فالشوق لا يعترف بالأعذار أو المعوقات والقيود.. طوال الطريق كان يبتهل إلى اللّه مثل ناسك أضناه الشوق، ألا تكون الجهات المسؤولة قد أغلقت «السنترال».

...

بغير ترتيب ولا تعمد وجد روحه تعيد تفاصيل ذكرياتهما.. الكلمات الشاعرية التي كتبها لها وأسمتها هي: قصيدة عمري

«معلقة سماء»؛ بخطها الأنثوي الذي يشبه كتابة الأطفال الغضة، رسمت كلماتها على ورقة وردية اللون؛ زينتها بإطار ذهبي ورسومات ملونة من التي تجيدها، علقتها على الحائط في مكان مميز.. قالت باسمة وكأنها تحذره: هذه قِبلة بيتنا، والقِبلة لا تتغير ولا تتبدل.

كنت تضحك بثغر لم يخلق لغيرها حُسنه، وشفتين ترتعشان شوقاً مثل سؤال حائر، طازجة كتفاحة تقطر شهداً.. يفيض وجهها عذوبة كوردة ندية ساعة الشروق، ذات جبين وضاء مثل ضوء شعاع الشمس خلف ضباب الصباح الباكر، وهبها الوهاب عينين سوداوين عميقتين مثل بحر في ليلة مقمرة، تميلان إلي الضيق وكأنهما تستعدان لاختراق قلب محبوبها كأنها رمح عاشق. قالت في دلال: «لست أقل من نساء معلقات الشعراء العرب؛ بل العكس هو الصحيح، لو كنت في زمانهم ما قالوا: ليلى ولا عزة ولا فاطم ولا عبلة، بل سماء.. سماء وفقط».. قال مازحاً: ساعتها كنت سأحفر لنا قبرين متجاورين وأقتلك يا حبيبتي، ثم أقتل نفسي؛ ألا تعرفين جنون غَيّرتي عليك؟

قهقهت مثل طفلة تلهو حتى دمعت عيناها، همست في أذنه: قبر واحد يكفي يا حبيبي، سأكتب وصيتي بذلك.. لا أستطيع الموت إلا بين ذراعيك.

في وسط الورقة الوردية المعطرة كتبت:

قال «متيم سماء» في معلقته

ما بين قلبي والحبيبة

أميالٌ.. وأميالٌ.. وأميالُ

ومن عجب تحاصره..

تدغدغ نبضه حيناً.. تداعبه

وأحياناً تجافيه فتبكيهِ

وبعض الحين ترقص في خلاياه

فيطرب في تراقصها

ويعلن ثورة النشوة

مجنون هو الحب..

مجانين هم الأحباب.

...

أخيراً وصل إلى حيث يوجد «سنترال» التحرير، مسح
عينيه اللتين اغرورقتا بدموع الشوق القديم.. حمد اللّه أن
«السنترال» مازال يعمل، فالباب المفتوح رغم ندرة رواده
يوحي بأنه مازال ينبض بالحياة.

تمتم: سبحان من يغير ولا يتغير، هذا المكان كان لا
يكف عن الحركة وازدحام أنفاس الخلائق حتى ساعات

الليل المتأخرة؛ صامت كصحراء خالية لا حياة فيه، اللهمّ إلا موظف واحد كبير السن أمامه جهاز «فاكس» قديم فوق منضدة عتيقة يجلس بالقرب من الباب، يقف أمامه أحد العملاء يعيد محاولة الإرسال.

فور دخوله «السنترال» الذى يغرس الصمت خنجره في أحشائه، لم يذهب إلى حيث يجلس موظف الفاكس.. هبت على نفسه نسائم ذكريات قلبه؛ الذى تسارعت دقاته بجنون، وكأنه التقى فجأة بحبيب غاب عنه سنوات طوال وكان قد فقد الأمل في لقياه.. ذهب دون إرادة منه إلى حيث كبائن الاتصالات القديمة.. همس دون إرادة منه وقد جحظت عيناه وهو ينظر إليها: «الكابينة 25»؛ لا يدري حتى الآن كيف كانت تجمعه الصدفة ليتحدث من خلالها كل يوم مرتين، وكأنّ القدر يصنع لنا الذكريات ونحن لا ندري؛ مرة يدخلها في الصباح وهو متوجه إلى عمله الذي كان قريباً من مبني «السنترال» وعند انتهاء يوم العمل.

كانت الموظفة تبتسم وهي تنادي اسمه لتخبره برقم الكابينة التي سيتحدث منها: متيم قمر الدين، ادخل 25؟

مع تكرار تردده على «السنترال» في الصباح وبعد الظهر كانت الموظفة دون مبرر تتلكأ حتى تخلو الكابينة 25، ثم تنادي الرقم دون اسمه، وهي تنظر إليه مبتسمة وتهز رأسها، فيعرف أنه المقصود فيدخل الكابينة.

تمتد يده بحنان عاشق ممسكاً سماعة الهاتف وهو يتلو بيت الشعر الأثير لديه، رغم دهشته من غلطة اسم شاعره «ابو صخر الهذلي»:

تكاد يدي تندى إذا ما مسستها: وينبت في أطرافها الورق الخضر

إنها خطيبته (سماء) المجنونة به، مثل جنونه بها، في الصباح يسمع صوتها فينتشي تفاؤلاً ويرقص قلبه فرحاً ويتمتم: صباح بغير سماء هو والجحيم سواء.

في الوقت ذاته كانت تنتظره سماء في بيت أسرتها. قبل موعد المكالمة تمرر أصابعها برفق على الهاتف وكأنها تستعطفه أن لا يتعطل، يغزوها قلق الشوق لنبأ سعيد ترجو ألا يتأخر أو تضطره الظروف القهرية أن لا يتصل، وكذا عند انتهاء يوم العمل.. لا ينسى كلماتها الطفولية المحذرة عكس طبيعة النساء: «لو شعرت في يوم ما أنك تحبني أكثر من حبي لك فسوف أقتلك.. حبي لك أولاً».

...

بعد زواجهما كانت النزهة الأولى لهما هي زيارة الكابينة 25، فقد احتوت أنفاسهما الملتهبة ودقات قلبيهما الراقصة وكانت مستودع أسرارهما.. كان يبتسم لنفسه بعد انتهاء المكالمة هامساً: الصبُّ تفضحه دقات قلبه وليس عينيه كما يقولون.

في أول احتفال بعيد زواجهما الأول والأخير، كتب على حلوى «التورتة» رقم 25، وسط دهشة الأهل والأصدقاء. كانا يبتسمان ولا يبوحان بالسر رغم إلحاح الأسئلة ودهشة السائلين وشوقهم لكشف المحجوب.

...

دخل إلى مكان الكبائن رغم تحذير الموظف له: عندك ممنوع يا أستاذ؟

أزعجه اللون الداكن الذي يشبه الدم القاني المتجلط الذي طليت به الكبائن المتلاصقة، فبدا مشهدها وكأنها توابيت للموتى يعلوها غبار الصمت وأحزان الفراق.

أحزنه مشهد المقاعد المتراصة في باحة المكان أمام الكبائن التي كانت لا تخلو من الجالسين في انتظار مكالماتهم؛ مهجورة تماماً، سوادها مكسورٌ يتكأ على الآخر، وكأنها مقابر قديمة متهالكة أكلها الزمن.. تركها الناس لمكان جديد فتهدمت أركانها بعد أن ولى زمان عزتها.

المقعد الأثير لديه رآه محطم الأرجل، يستند على بقايا المقعد المجاور وكأنه متحف مهجور يحوي تماثيل العجزة وكبار السن في العصور الغابرة.

فتح باب الكابينة 25 بيد مرتعشة بعد أن مسح التراب عنه وعن الرقم النحاسي 25 الذي يعلوه، أصدر الباب أنيناً موجعاً وكأنه يكسر عظامه..

تراءت لعينيه صور» سماء» الكثيرة التي علقها على حوائط البيت، وفى كل الغرف وبأحجام مختلفة تتوسطهم صورة الزفاف وابتسامتهما التي يملؤها الضياء وكأنها قد تجمعت داخل الكابينة، تحسس سماعة الهاتف الصامت؛ مسح عنها التراب ثم وضعها على أذنه رغم موت حرارتها، صرخ دون إرادة منه: ألو.. ألو.. ألو ردي يا سماء، ردي يا حبيبتي؟!

زعق الموظف العجوز دهشاً: ماذا تفعل يا أستاذ، ما هذا الجنون، قلت لك عندك ممنوع يا سيد؟!

لم ينتبه لزعيق الموظف المختص الذي اضطر أن يذهب إليه لينهاه عن هذا العبث وهو يتمتم: ما الذي حدث للناس هل ذهبت عقولهم، ما كل هذا الجنون؟!

أمسك الموظف بكتفه من الخلف، حاول إخراجه من الكابينة وهو يردد: قلت لك ممنوع يا محترم.

أدار رأسه إليه وجد الدموع تغرق وجهه وكأنه فقد لتوه عزيزاً لديه؛ أشفق الموظف العجوز عليه، ربت على كتفه، سأله: ما بك يا بني؟ أخرج من جيبه منديلاً من القماش، مسح دموعه بإشفاق وهو يقول: ملامحك تقول أنك بتمام عقلك وعافيتك، ما الداعي لهذا البكاء الغريب؟!

كانت الدموع عصية على التوقف، وكأن ثقباً بعينيه قد اخترق بئر دموعه.. فاقداً السيطرة على ارتعاش شفتيه، و

تضاريس وجهه.. فما كان من الموظف إلا أن احتواه بين ذراعيه بحنان والد عطوف.

قال بصوت أسيف مكسور: هذه الكابينة 25، كنت أكلم فيها «سماء» كل يوم مرتين، «سماء» حبيبة عمري خطيبتي ثم زوجتي.

واصل كلماته المقطعة بسكين أحزانه: سرقها الموت وهي تضع مولودنا الأول؛ طفلنا الذي كنا ننتظره، فرحتنا الكبرى، سرقهما الموت معاً، وتركني وحدي.

احتضنه الموظف بشدة وقد اغرورقت عيناه لرقة حاله، همس في أذنه: البقاء للّه وحده يا ولدي، كن مؤمناً بقضاء اللـه وقدره، خير ما تفعله هو الدعاء لهما بالرحمة والسكينة

ثم ربت على كتفه وقال وهو يحاول إزاحة صخور الأحزان عن قلبه، كن صلباً، لقد خطف الموت زوجتي وثلاثة من أولادي في حادث مؤلم، ولم أفعل مثلما تفعل الآن.. ثم همس لتفعل مثلما فعلت: ما زلت شاباً والفتيات بنات الحلال كثيرات.

نظر إلى الموظف نظرة الممتن لعطفه، هزَّ رأسه، جرَّ قدميه وانصرف دون تعليق.

***

تخاريف البهجة

نظرية جميلة، لا تعرف سوى النشوة والانتشاء زاداً لها، لا تعرف للإرهاق عنواناً، اللذة دثارها والمتعة النفسية والروحية ثمارها. أسماها «تخاريف البهجة»؛ تقوم على فرضية التوحد، ليس التوحد المقصود به المرض المعروف والعياذ باللّه.. وليس هو توحد الحلول والاتحاد ووحدة الوجود.. بالمعنى الذي يقول به رجالات التصوف الذين رماهم علماء الرسوم أو علماء الحيض والنفاس _كما يحلو لبعض المتصوفة تسميتهم_ بالزندقة والكفر. فإن كتاب الاختلافات والمكائد وقطع الرقاب بدعوى القصاص لدين اللّه، والذب عن حياض الإسلام وبيضته؛ صفحاته الحمراء الملطخة بالدماء، بلا عدد!

لكنه الحلول والاتحاد الخاص به، وقد رأى فيه راحة كبيرة وبهجة غامرة، وكأنَّه يقضي يوماً سعيداً بين المروج والملاهي والفتيات المزنرات النهود.. لا يمكن لأحد أن يتهمه فيه بالإلحاد أو ازدراء الأديان، وتعكير صفو الأمة، أو الخروج على الأعراف والتقاليد وتكدير الأمن العام.

فلا أحدٌ من خلق اللّـه يعلم ما هو فيه، غيره، ربما يجوز في وصف تلك الحال، «التقمص» أو «التلبس»، وإن كان غير ذلك بالضبط، وإنما الصفة التي ربما تليق به هي «البهجة المستعارة»..إذ يمكنه بها فعل المعجزات النفسية، وهو جالس على مقعدته في عقر غرفته الوحيدة دون جهد، أو في صدر مؤتمر أدبي كبير، أو تكريم اسم عالم حقق للكون منافع جمة.

على أية حال سأشرح تلك النظرية ثم نجتهد سوياً في اختيار وصف أو اسم لها.. ربما كثر عدد أتباعها، وجعلت لها طريقاً وطريقة على غرار المتصوفة، وحمل كما يأمل لقب «شيخ المبتهجين» أو كبيرهم؛ ويسبق اسمه لقب سيدي أو سيدنا.. فهل يضيق هذا المقام بسيد جديد؟! لا أعتقد.

لنتفق أولاً، أن ذكاء الإنسان، مثل لونه وطوله وقصره وموطن مولده وزمانه و.... و... و.... لا إرادة له فيه؛ فهو لم يُستشر في أي منها. فليس كل من يتمنى نظم الشعر يمكنه ذلك، ولا من يتمنى أن يكون روائياً _مهما كان حكَّاء_ سيستطيع، أو من يحلم بأن يكون قارون عصره بإمكانه تحقيق تلك الثروة.. وإلا كانت الدنيا هاشّة باشّة، جميلة جليلة. وعليه قس كل المواهب والاختراعات.. ولكن ماذا يفعل صاحب الشغف والأمنيات ولكنه قليل الحيلة، ولا يملك غير التمني؟

المسألة في غاية البساطة والسهولة، وهي أن يتخلى عن اسمه فيما بين نفسه بعض الوقت، ثم يتقمص اسم من يحب من الشعراء والفلاسفة والأدباء، أو أبطال المصارعة والملاكمة وألعاب القوى، والقفز بالزانة وعبور المانش.. أو يتقمص أسماء المخترعين إذا أراد أو القادة السياسيين، المجال مفتوح حتى الصعود على سطح القمر أو المريخ.

وما أن يذكر الناس اسم صاحب الشهرة، هذا، في ندوة لتكريمه أو يذكر في مجلس جليل، ما عليه إلا أن ينسى اسمه _كما قلنا_ ويهزّ رأسه منتشياً، ويزم شفتيه مبتهجاً نشواناً، وكأنهم يتحدثون عنه هو، وينادي نفسه سراً باسم الشخصية التي يتحدثون عن فضائلها.. وفي نهاية الحفل يذهب إلى بيته منتشياً قرير العين.

***

الحبل..
حكايات رجل أزهق ألف روح أو يزيد!

كان يباهي حتى قبيل مفارقة روحه لجسده بغتة؛ وهو متكئ فوق أريكته، أمامه أطباق الفاكهة، وفي يده كوب الشاي الساخن الذي يختلط بخاره بدخان سيجارته.. بأنه أزهق ألفاً وسبعاً وستين روحاً من بني البشر، ثم يقهقهه عالياً ويقول هازئاً: كلهم من أبناء وطني الأشقياء إلا قليلاً.

كان يأمل أن لا يغادر الدنيا إلا بعد أن يبلغ تمام عددهم الألفين. يحلو له دائماً أن يحدث خلصائه عن تاريخه مع الموت والموتى، يقول: إنَّ سيدنا عزرائيل _عليه السلام_ يختار بعض البشر كمساعدين له لينفذ بأيديهم تلك المهمة المقدسة؛ صعود الأرواح إلى بارئها جملة واحدة لا فرادى مثل الموت العادي التافه.. منهم قادة الحروب الغِلاظ، وأصحاب قرارات إشعالها.. ثم يصمت قليلاً ويشير إلى نفسه بثقة مفرطة، قائلاً: وأنا!

يأخذ نفساً عميقاً من دخان سيجارته التي لا يخلو حشوها من مخدر الحشيش _مزاجه المفضل_ ويبتسم في ثقة القائد المنتصر: هل تعلمون أنني أزهقت في يوم واحد خمس عشرة روحاً؟! ثم صمت قليلاً وهو ينظر في وجوه جلسائه ليستمتع بدهشتهم، وقال: أرهقوني جداً، كان يوماً طويلاً.. لكن المكافأة التي حصلت عليها أزالت التعب والإرهاق. إنَّ للأموال سحر غريب يبهج النفوس المحبة لها، وسواد النفوس محبة.

...

مذ كان شاباً يافعاً كان يسيطر على رأسه حلم واحد؛ أن يمتلك حبل مشنقة حقيقي!

لماذا تلك الرغبة المفزعة التي لا تخطر على قلب رجل طبيعي؟

لا أحد يدري سرَّ تلك الأمنية التي يسيل لها لعابه، ويطير لها خياله بألف جناح! يود لو يعلقه في سقف غرفته يتدلى مثل تحفة ثمينة؛ يرى فيه مستقبله الذي يرجوه.

كثير ما صنع من حبال نشر الغسيل حمراء اللون هيئة حبل مشنقة؛ علقه في سقف غرفته، يداعبه كلما مرَّ بجانبه، كان اهتزاز الحبل يثير فيه نشوة التمايل معه والرقص الذي يناسب الموقف.

نهره والده في بادئ الأمر، وصفه بالطفل الأبله رغم سني عمره السبع عشرة وبسطة جسمه وقوته التي يخشاها كل من يراه.

قال له: يا ولدي الوحيد أفكر في تزويجك ليكون لك عائلة ويكون لي منك أحفاد وأنت تلعب كالصبيان؟! ثم يقطع الحبل بمطواة قرن غزال يحملها في جيبه دائماً.

كان الرجل يتمنى لو أن ولده أتقن صنعة جيدة يرتزق منها، يفتح بها بيتاً، وذلك بعد تسربه الدراسي لرسوبه المتكرر في الثانوية العامة.

كان الرجل لا تعجبه مهنة الحمَّال التي يمارسها ولده في ميناء الجمارك بالإسكندرية: يا ولدي لا تغرنَّك قوتك المفرطة الآن، فالمرض لا يمنعه مانع، ولا مكان بين الناس لضعيف أو مريض أو محتاج.

كان يستمهل والده بعض الوقت ليجد الطريق إلى المهنة التي يرجوها ويخطط لكيفية الحصول عليها فهي أمله في الحياة، لكنه لا يبوح عن كنه تلك المهنة!

عندما تكرر منه فتل حبال الغسيل في هيئة حبل مشنقة ظن الرجل به الظنون، خصوصاً عندما ضاحكه قائلاً: قف على هذا الكرسي يا أبي ودعني أضع رأسك في هذا الحبل؟

فزع الرجل كمن مسه طائف من الشيطان، ماذا تقول أيها المجنون، تريد أن تقتلني؟ كان الرجل يهرول خارجاً من

الغرفة خشية فرط قوة ولده؛ وهو يقسم بأغلظ الأيمان أن الشيطان شاركه في الليلة السوداء التي حملت فيها أمه!

شكا لشيخ عليم بكشف الطالع ومعرفة المسِّ الشيطاني. بعد أن أطلق البخور دخانه، تمتم الشيخ بكلمات مغلقة الفهم، هزّ رأسه كمن ينفضها مما علق بها، نظر إلى الرجل المترقب لحظة بوحه بأولى الكلمات، قال وكأنه يبتسم: ابنك سليم، ليس بجسده مسٌّ، ولا يتلبّسه جان، لا تضيق عليه حياته؟

لم يذهب الرجل إلى بيته خشية الموت الذي ينتظره على أصابع ولده وكف يده التي تشبه المِرزَبة. رغم دهشته الكبيرة بتحول طبيعة ابنه الطيبة، فهو يحب الناس ويحبونه، متسامح جداً.. لكن إذا بطش بأحد دهسه مثل «وابور الزلط». ارتعب الرجل مما حدث لأن ولده كان يبتسم وكأنه سيعلق في الحبل المتدلي فردة حذاء وليس رأس أبيه!

حذره بعض خلصائه من دجل المشايخ، ونصحوه بعرض ولده على طبيب اختصاصي في الأمراض النفسية، أو إبلاغ مستشفى الأمراض العقلية ليتولوا علاجه قبل أن يرتكب حماقة؛ يشنق فيها طفلاً، رجلاً أو ربما يقتل أمه، وليس غريباً على من هذا حاله أن يشنق نفسه.

انحدرت دموع الرجل، تمتم وهو ينظر مقهوراً نحو السماء: ولد وحيد ومجنون يا رب؟!.

بعد وقت طويل أكل فيه القلق ما بقي من أعصابهم فُتح باب الغرفة، خرجا يتأبط أحدهما الآخر، مبتسمين!، كان صدى ضحكاتهما يثير دهشة واستغراب من بالخارج؛ كانوا قد جهزوا أنفسهم لاقتحام الحجرة إذا ما شعروا بخطر يواجه الطبيب.

عندما رأى الطبيب الذعر على وجوهم، نظر إليه معاتباً: أليس ذلك عيباً، أرجو أن لا يتكرر هذا، حتى أفي بوعدي لك؟. جعل يطمئنهم، يؤكد لهم أن ولدهم بخير، ولن يرى أحدٌ منه بعد ذلك ما يزعجه أو يغضبه.

هبط على قدم والده يقبلها ويطلب منه العفو ويقسم بأنه لن يفعل ذلك مرة أخرى وأنه كان يمازحه.

غادرهم الطبيب ومعه معاونوه، قال له بحزم شديد: لا تنسَ.. وعدي بمساعدتك في تحقيق أمنيتك مرهونٌ بطاعتك لوالدك؟

...

ذات يوم جنَّ جنونه عندما رأى حبل المشنقة الحقيقي في يد عشماوي منفذ أحكام الإعدام يشرح في حديث تليفزيوني طرائف ما صادفه من حالات أزهق أرواحها. همس في نفسه وهو يتابع بشغف كبير: هذا هو الحبل الحق، حلقته حمراء بلون الدم، غليظ ملفوف كأنما فتله الشيطان!.

عندما قال عشماوي: يتم استخدام الحبل لإعدام ثلاثة أشخاص فقط.. دهش متمتماً: ثلاث رقاب فقط لكل حبل مستورد من خارج البلاد؟!

ثم ساخراً: ما يكاد الحبل يبدأ عمله حتى يُفصل من وظيفته! غادرة هي الحياة حتى بحبال المشانق! كم أنت مسكين يا حبل المشنقة عمرك أقصر بكثير من عمر من تقتلهم!

فجأة كمن تذكر شيئاً مهماً، هتف في فرح: وجدتها، وجدتها، الآن سأمتلك حبل مشنقة حقيقي، التف على رقاب ثلاثة أشقياء حتى زهقت أرواحهم، لم يتركهم إلا جثثاً تتدلى منه كأكياس القطن في ميزان القبَّانيِّ!

سأذهب إلى وزارة الداخلية، مصلحة السجون تحديداً فمسؤولية إزهاق الأرواح المحكومة بالإعدام في نطاق عملهم. أسألهم هل يبيعون حبال الإعدام المستعملة؟ أم ماذا يفعلون بها بعد خروجها إلى التقاعد المبكر هذا؟ كيف يتصرفون فيها، وأين، وكيفية الحصول على واحد منها؟

نكس رأسه يفكر كمن همّه أمر جلل، خمن متمتماً: لو كانوا يقيمون لها مزاداً للبيع، كنا علمنا به وانتشر تداولها بين الناس.. هل يتخلصون منها بالحرق مثلما يتخلصون من المخدرات في محرقة الجمارك بميناء الإسكندرية؟

فجأة قهقه عالياً عندما تذكر ليلة القبض على والده ومجموعة من أصدقائه، كانوا يتعهدون توقيتات حرق

المخدرات لخبرتهم بها كانوا يفرقون بين أنواعها من لون الدخان ورائحته! يُبْلغ بعضهم البعض، يتجمعون حيث يقفون في مرمى هبوط دخان المخدرات المحترقة من مدخنة الفرن فيستنشقونه بعمق شديد ليخدر رؤوسهم بالمجان دون نفقات!

حذرتهم قوات الحراسة عدة مرات لكنهم ما ارتدعوا بدعوى أنهم لا يفعلون شيئاً مخالفاً، إلا إذا كان استنشاق الهواء يمثل في القانون جريمة!

عندما أجاب عشماوي رداً على سؤال: هل هناك شروط لكيفية صناعة الحبل؟ وقال: كنا نستورده من بريطانيا، لكن بعد إلغاء الإعدام عندهم أوقفوا تصنيعه و.....و......

ضحك كمن يسخر: عجباً لنا، نستورد الغذاء للحياة وحبل المشنقة للموت، فماذا نقدم للبشرية ليذكرونا به؟!

...

ذات يوم طرق ساعي البريد بيتهم. عندما رأى اسمه فوق الخطاب الصادر عن وزارة الداخلية، طار فرحاً وهو يقول: صدق الطبيب فيما وعد، بأنه سيسعى لي عند شقيق زوجته الضابط الكبير بالوزارة.. تحققت الخطوة الأولى نحو «الطبلية». ثم ضرب على صدره وحاول برم شاربه الذي يشق طريقه للظهور.

أمنيته الغالية التي لم يبح بها إلا للطبيب النفساني، مخافة أن يهجره الناس رعباً منه؛ هي أن يعمل جلاداً في مصلحة السجون، يحلم أن يكون مسؤولاً عن غرفة الإعدام؛ يحلم أن يرى الروح لحظة مغادرتها الجسد!

...

في الصفحة الأخيرة من المذكرات التي وجدوها في خزينة أشياءه الخاصة، قال عشماوي السابع _كان العرف السائد ومازال، أن يُسمى الجلاد باسم عشماوي تميزاً له وتكريماً لعشماوي الأول الذي شنق ريا وسكينة ومن معهما_ قال: كنت أطير فرحاً وأنا أضع حبل المشنقة في رقبة أحدهم، عندما يرفض ارتداء الطاقية السوداء التي تغطي وجهه؛ دليل صلابته وعزة نفسه وجبروته الذي أرعب به ضحاياه، فمن العار أن يرتعب من مواجهة الموت، من كان هو الموت.

كنت أراقب تضاريسهم وملامح وجوههم بشدة لأعرف من أين تخرج الروح؟ من الفم، الأنف، العينين، بخار شفيف يصعد من الرأس... باءت كل محاولاتي بالفشل!

ما كان يدهشني أن هواء غرفة الإعدام ذو كثافة وثقل لم يصادفني في مكان آخر، ما يشي بأنَّ أرواحاً تسكنها فقررت أن أعرف!

تحايلت ذات ليلة ومكثت بها وحدي بعد انتهاء وردية العمل، فأنا مسكون بسؤال الروح وسرها، لماذا لا أدري!

أطفأت ضوء الغرفة، أغلقت الطبلية التي تشبه الشباك المفتوح نحو الأسفل، أسندت ظهري إلى الحائط، لا أدري كيف قهرني النعاس.. رأيت في الحلم من يلبسني البدلة السوداء وفي يده حبل مشنقة جديد، سحبني من ذراعي بقوة حتى أوقفني على طبلية الإعدام.. عندما دخل رأسي في الطاقية السوداء ثم حلقة حبل المشنقة، فزعت من نومي القهري كالمجنون، وجدتني أهرول خارج الغرفة مذعوراً وأنا أتحسس أثر الحبل المؤلم في رقبتي.. ساعتها أيقنت بأنني أبحث عن المستحيل.

*